D1276440

WITHDRAWN

LA HIJA
DEL PAPA

LA HIJA DEL PAPA

CÉSAR VIDAL

© César Vidal, 2011

© De esta edición:
   Santillana Ediciones Generales, SA de CV
   Av. Río Mixcoac 274 col. Acacias
   CP 03240, México, D.F. Teléfono

   www.sumadeletras.com.mx

Diseño de cubierta: Epica Prima

Primera edición: marzo de 2011

ISBN: 978-607-11-1063-3
Impreso en México

Roma, 1871

arpadeó sorprendido por la extraña visión que se ofrecía ante sus ojos. ¿Era posible? ¿No se estaría equivocando? En fin, parecía irreal... Sin embargo, el recién llegado no erraba en su identificación del objeto inmenso que media docena de sudorosos operarios empujaban en un esfuerzo oneroso por sacarlo del edificio. Se trataba de un elefante. Sí, de un elefante africano, de orejas extendidas como si fueran generosos tapices y de colmillos amarillentos y desgastados. ¿Dónde —se preguntó— podrían llevarse aquella bestia disecada y, sobre todo, para qué la guardaban los jesuitas en aquel colegio? ¿Acaso enseñaban a sus discípulos a engañar gobernantes valiéndose del paquidermo? Cualquier cosa era posible con ellos, desde luego... Anduvo todavía una veintena de pasos, pero la desasosegante visión de la abigarrada multitud de cajas acumuladas en el oscuro corredor le dijo que no podía permitirse el lujo de perderse. Se encaminó apresurado hacia uno de los trabajadores sudorosos que movían los desordenados bultos y le dijo:

—Disculpe..., ¿la oficina del *signor* Bandinelli?

Por toda respuesta, el acalorado hombre se encogió de hombros y apuntó el pulgar derecho hacia un punto indefinido situado a sus espaldas.

Levantó la mirada siguiendo la indicación del operario y descubrió a un empleado calvo y enjuto que sujetaba un cuaderno negro en la mano izquierda mientras con un lápiz realizaba anotaciones. Se dijo que debía de ser el encargado de poner algo de orden en aquel maremágnum y que, seguramente, podría ayudarlo. Inclinó levemente la cabeza en señal de agradecimiento hacia el que le había dado la indicación y se encaminó hacia el sujeto, que seguía escribiendo.

—Excúseme —le dijo—, ¿dónde puedo encontrar al *signor* Bandinelli?

Con la familiaridad rutinaria que surge de un gesto repetido en multitud de ocasiones, el hombre se colocó el sobado lápiz sobre la oreja y preguntó:

—¿Quién quiere saberlo?

—El *cavaliere* Di Fonso —respondió con sencillez.

—Ya... —dijo a la vez que se llevaba la mano izquierda a la hirsuta barba y se tironeaba suavemente de las guedejas revueltas—. Y ¿por qué lo busca?

La pregunta se le antojó impertinente al *cavaliere*, pero no tenía intención de enzarzarse en una discusión con aquel sujeto.

—Me está esperando. —Y añadió con tono sosegado pero firme—: Con urgencia.

La referencia a lo perentorio provocó que el hombre arqueara de forma casi automática la ceja derecha. Por un instante, pareció dudar, pero, de repente, se giró y señaló con el brazo derecho hacia un lugar perdido al final del pasillo.

—Vaya hasta esa esquina —dijo—. Tuerza a la derecha y verá una escalerita. Súbala hasta el final, y allí lo encontrará. Si tiene alguna duda, pregunte. Estamos para servir a la patria.

—*Grazie* —dijo el *cavaliere*, y apretó el paso hacia el lugar indicado.

Cruzó la distancia hasta la esquina con temple marcial y, a la vez, con la facilidad airosa que sólo proporciona la práctica de muchos años. Luego subió la escalera a paso ligero, sin que su respiración se viera apenas afectada por el esfuerzo. En cada rincón del breve trayecto, fue observando cajas sin cuento, papeles amarillentos, redomas de todo tipo, peregrinos animales disecados... Todo ello yacía por los suelos en una especie de caos, quizá limitado pero a la par innegable. No dudaba de que, en otro tiempo, aquello había sido un prodigioso museo renombrado por la inmensa cantidad de piezas que albergaba, pero ahora daba la impresión de que estaba siendo desmontado de la misma manera que sucede con el reloj estropeado puesto en manos de un artesano perito en reparaciones. Seguramente, el principal problema consistía en saber dónde iban a colocar todo aquello, porque a él, desde luego, no se le ocurría qué otro enclave podría dar cabida a aquella suma inmensa y heteróclita de las más prodigiosas colecciones.

Vislumbró una puerta grande, a decir verdad, inmensa y hacia ella encaminó sus pasos. Disminuyó el vigor de su caminar ya cerca del umbral y, discretamente, se asomó. A una mesa cubierta, casi inundada, de papeles de los más diversos tamaños y formas estaba sentado un hombre con manguitos negros relucientes por el uso de años que leía sosegadamente un periódico doblado a la vez que sostenía en la mano izquierda lo que parecía ser un modesto toscano. «¡La tradicional pereza de los funcionarios romanos!», se dijo el *cavaliere* reprimiendo su contrariedad. Claro, que no le cabía la menor duda de que ésa era una de las tantas cosas que iban a cambiar en los próximos tiempos. Se llevó la mano a la boca, emitió una tosecilla de advertencia y cruzó el umbral.

—Buenos días —dijo mientras contemplaba sorprendido que el funcionario no parecía inmutarse ante su aparición—. Desearía ver al *signor* Bandinelli.

Por el gesto de contrariedad del hombre que leía relajadamente la prensa, tuvo la sensación de que, finalmente, había dado con el lugar que buscaba.

—¿Quién lo busca? —indagó el hombre de los manguitos gastados sin soltar el periódico ni el toscano.

—El *cavaliere* Di Fonso —respondió el recién llegado con una voz que pretendía transmitir sensación de autoridad, aunque sin pecar de soberbia—. Me espera... con cierta urgencia.

Con cansina parsimonia, el funcionario dejó descansar el tabaco sobre el borde de un platillo blanco y ligeramente desportillado y apartó con desgana la prensa. Apoyó, a continuación, las palmas de las manos gordezuelas sobre el borde de la mesa y, como si tuviera que realizar un esfuerzo sobrehumano, se puso en pie y apartó el asiento con un movimiento de los muslos embutidos en un pantalón de un desvaído color gris.

Di Fonso le vio dirigirse hacia una puerta lateral, llamar suavemente con los nudillos y esperar hasta que escuchó la orden de *Avanti!* Se introdujo el funcionario en la habitación y cerró la puerta tras de sí. Hasta los oídos del *cavaliere* llegaron algunos sonidos que interpretó como un intercambio de frases ininteligibles. Se trató de un breve intervalo hasta que emergió una cabeza que dijo:

—Puede usted entrar.

Se hizo a un lado el funcionario y Di Fonso cruzó el umbral. Ante él, alzándose de detrás de una espaciosa mesa, apareció un hombre alto, delgado, de cabellos grises y espaldas un tanto encorvadas.

—¡Bienvenido, *cavaliere,* bienvenido! —le dijo a la vez que esgrimía una sonrisa de rebosante jovialidad que destacaba bajo una nariz poderosa en la que cabalgaban unos lentes.

Luego, volviéndose hacia el funcionario le dijo:

—Paoli, puede usted retirarse.

Obedeció con gesto aburrido el tal Paoli, dejando, al salir, la puerta entreabierta. Bandinelli, con gesto decidido, pero discreto, surcó la distancia que mediaba hasta la salida y empujó la jamba hasta cerrarla. Luego, sin abandonar la sonrisa, tendió la mano a Di Fonso.

El recién llegado pudo percibir con absoluta claridad la manera en que Bandinelli le estrechaba la diestra con los dedos colocados en la forma indubitable del saludo masónico. Sabía ya Di Fonso que su interlocutor había sido iniciado, pero ahora él se lo corroboraba de manera indubitable.

—Acomódese, se lo ruego —invitó Bandinelli a la vez que señalaba un sillón de color vivamente rojo.

Di Fonso tomó asiento y sintió de manera inmediata la comodidad del mueble. Desde luego, era bien distinto de la clase de asientos a los que estaba acostumbrado en los últimos años.

—Bien —señaló Bandinelli a la vez que volvía a situarse al otro lado de la mesa—. He leído sus referencias... No le oculto que son excelentes. Veterano de guerra, convencido patriota, amante de la libertad y *de la luz*..., y culto. Sí, no haga aspavientos. Disfruta usted de una cultura extraordinaria, y eso en estos momentos, en que estamos reconstruyendo una Italia dividida durante siglos, resulta esencial y perentorio.

Bandinelli realizó una pausa y acercó las manos hasta que se juntaron las yemas de los dedos en un gesto que recordaba lejanamente una plegaria. Di Fonso pensó que estaba a punto de anunciarle algo de especial relevancia.

—Verá, *cavaliere* —continuó Bandinelli—, este edificio ha sido durante siglos un verdadero museo de las tinieblas más negras. Lo levantaron los jesuitas con la intención de enturbiar las mentes, especialmente las de los poderosos, y aquí fueron metiendo en un desorden tan grande como el de sus conciencias los objetos más heterogéneos. Se puede usted encontrar lo mismo una jirafa que un libro de magia negra, un tratado de astrología que un breviario. Todo, absolutamente todo, parece estar aquí reunido, juntado, almacenado para someter al pueblo a la oscuridad más profunda. No le descubro nada seguramente si le digo que estamos llevando a cabo una limpieza absoluta. ¿Desearía fumar?

—No —respondió Di Fonso—. Sólo fumo excepcionalmente.

—Bien, bien —alabó Bandinelli, sin que quedara muy claro qué era lo encomiable en la austeridad fumadora de Di Fonso—. Como le iba diciendo, estamos higienizando toda esta alcantarilla de materiales jesuíticos. Los restos de animales van a ir a museos de ciencias naturales, donde se pueda estudiar zoología con seriedad y sin referencias estúpidas a la metafísica. Las obras de arte pasarán a museos donde la gente pueda observarlas y recrearse con ellas como manifestaciones del talento humano, y no como instrumentos del oscurantismo. Los libros..., bueno, los libros exigen un trabajo más a fondo. Hay que discernir qué obras deben ir a parar a bibliotecas, qué otras deben ser examinadas a la busca de datos que nos permitan combatir las tinieblas y cuáles han de ser arrojadas a las llamas porque de ellas no se deriva ninguna, absolutamente ninguna, utilidad. Ahí precisamente es donde entra usted.

Se inclinó levemente Bandinelli hacia la derecha y abrió un cajón. Le pareció a Di Fonso que rebuscaba. Finalmente, al cabo de unos instantes, sacó una caja de madera de caoba labrada. La depositó con cuidado sobre la mesa y procedió a retirar la tapa que la cerraba. Acto seguido, con gesto seguro, extrajo de su interior lo que parecía un conjunto de folios atados con una cuerdecita colocada en forma de cruz. Lo depositó sobre la mesa y, con un suave movimiento de la muñeca que aún sujetaba las páginas, apartó el recipiente a un lado.

—Tengo entendido que en su formación ocupan un lugar destacado sus estudios del Renacimiento.

—He dedicado mis esfuerzos durante años a conocer ese periodo glorioso de nuestra Historia —reconoció Di Fonso.

—Pues entonces —dijo Bandinelli sonriendo— se confirma que hemos elegido al hombre adecuado. Verá, entre los manuscritos que han ido apareciendo por los cajones y estantes más diversos nos hemos encontrado con *esto*.

Di Fonso hizo ademán de inclinarse hacia la mesa, pero Bandinelli levantó la diestra abierta en un gesto cortés de solicitarle paciencia.

—Naturalmente, querrá usted saber de lo que se trata, y se lo voy a explicar. Fíjese bien, *cavaliere,* su misión es examinar este texto y descubrir en qué medida puede favorecer nuestros propósitos de traer luz y progreso a la nueva Italia. Debe usted estudiarlo, insisto en ello, con sumo cuidado. Tanto la persona que lo escribió como la que lo recibió tuvieron una importancia... —se detuvo como si intentara dar con la palabra más exacta— notable en nuestra historia. A decir verdad, es muy posible que nos permita adentrarnos en el corazón de lo que eran en esa época las relaciones entre el papa y el poder político; bueno, con otros poderes políticos para ser exactos, porque el papado contaba con la fuerza política suficiente como para impedir, durante siglos, que Italia se reunificara.

Di Fonso identificó la cita de Maquiavelo parafraseada por Bandinelli, pero se mantuvo en silencio. Sabía de sobra que había personas que gustaban de citar como propias las ideas de otros y, por regla general, no les gustaba que se descubriera.

—Lea usted el texto con cuidado, con atención, con perspicacia. Tome nota de lo que le parezca interesante sobre todo porque sea susceptible de ser utilizado como munición para derribar los baluartes de la barbarie y conseguir que penetre por en medio de sus ruinas un raudal de luz. —Se detuvo un instante Bandinelli, como si se complaciera de su dominio del lenguaje, y finalmente añadió—: Naturalmente, no podrá usted sacar el texto de este edificio. Ni siquiera de la habitación en la que va a trabajar. También tendrá que dejar aquí las notas que pueda ir tomando en el curso de su trabajo. He dispuesto para usted un despacho que está a unos pasos nada más de éste. A él le llevarán la comida de una fonda cercana, pero puede usted ir a dormir a su casa. Confiamos totalmente en usted, pero si lo estima adecuado la cercanía le permitirá consultarme en cualquier momento.

—Se lo agradezco. Lo haré —afirmó Di Fonso.

—Bien —dijo Bandinelli mientras devolvía las páginas al interior de la caja de madera—. Ahora, si no tiene inconveniente, Paoli lo conducirá a su despacho.

Roma, 1519

El membrudo sacerdote clavó los ojos amarillentos en el empapado y timorato paje. Fue la suya una mirada de reprobación agria, disparada desde unas cuencas hundidas y bordeadas por unas arrugas tan profundas como surcos de arado. Cualquiera hubiera podido apreciar que el muchacho estaba paralizado en medio de la fría y desapacible escalinata. Sí, a él también le desagradaba aquel sonido húmedo y casi chirriante que arrancaba de sus encharcados zapatos. Ya le hubiera gustado a él deslizarse de manera suave e insonora sobre los oscuros peldaños de piedra pulida, pero todo su cuerpo —no sólo sus ateridos pies— se había quedado reducido a un grumo chorreante por efecto de la incansable tempestad.

—Llevo horas bajo la lluvia... —acertó a farfullar el joven, deseoso de encontrar una excusa sólida que lo liberara de aquella mirada hostil que exudaba condenación.

El curtido clérigo no abrió los resecos labios. Se limitó a alzar la barbilla afilada, a darse una media vuelta despectiva y a continuar el ascenso. Respiró hondo el paje y, procurando que sus plantas aguachinadas resonaran lo menos posible al tocar el pétreo suelo, siguió los apresurados pasos sacerdotales. Llegaron así al final de la inmensa escalera y el muchacho aprovechó para respirar hondo con la vana esperanza de recuperar el asendereado resuello.

El corredor que contemplaron entonces sus atemorizados ojos le pareció inmensamente largo, inmensamente ancho e inmensamente oscuro. Por un instante temió que si el sacerdote se arrancaba a caminar demasiado deprisa podría perderlo en medio de aquella penumbra tan espesa como un puré de legumbres cocinado por la *mamma*. Así, cuando el anciano reemprendió la marcha, no dudó en seguirlo a toda la velocidad que pudo imprimir a sus ateridas piernas.

El desagradable ruido que brotaba de su rezumante calzado resultó ahora mayor, pero entre quedarse sumido en aquella oscuridad casi tangible o provocar una vez más el terrible desagrado del antipático clérigo, optó por lo segundo. A punto estuvo de quedarse sin respiración en el empeño, y es que, a pesar de que su guía no debía de tener menos de setenta años, se movía con una agilidad extraordinaria, casi diríase que demoníaca. Y no porque fuera delgado, precisamente.

Se encontraba sin aliento cuando, finalmente, el inagotable anciano se detuvo ante un filo de luz situado a la altura de los pies. Supuso el paje que se trataba de la parte inferior de una puerta, pero, a decir verdad, en medio de aquella oscuridad no se habría atrevido a asegurarlo. Aún se lo preguntaba cuando el clérigo alzó la poderosa diestra y golpeó la superficie que tenía enfrente de sí. Sí, era madera. Tenía, pues, que tratarse de una puerta.

Un ruido leve, que lo mismo podía ser una orden pronunciada con desdén que un mero gruñido, sonó tenue al otro lado. Entonces el sacerdote se inclinó, dejó descender la diestra por la pulida superficie de la puerta, encontró y asió el picaporte, lo giró y empujó la hoja. Por un instante, el muchacho quedó tan deslumbrado por la claridad que brotaba de la habitación que sintió un dolor repentino que se le clavaba en las cejas. A decir verdad, la iluminación no era excesivamente potente, pero, en contraste con las espesas tinieblas que habían surcado durante los instantes previos, resultaba casi cegadora.

—*Commendatore...* —comenzó a decir el clérigo.

No concluyó la frase. Por el contrario, tensó el cuerpo como si una oculta parte militar hubiera prevalecido sobre la monástica, inclinó la cabeza con gesto disciplinado y se volvió hacia el paje.

—Pasad —dijo con un tono de convencida autoridad que no admitía discusión.

Repitiendo el desagradable ruido acuático que ya había ido desgranando a lo largo del prolongado pasillo, obedeció el muchacho.

Justo enfrente del marcial clérigo, envuelta en una luz redonda y amarilla, contempló una figura sentada. Se dijo, no del todo convencido, que, seguramente, debía de tratarse del hombre al que había de entregar la carta. Se hallaba vestido de un negro sobrio, como resulta propio de los siervos de la Iglesia.

Sin embargo, nadie hubiera dicho que aquel ser despedía las mismas sensaciones que ocasionaban habitualmente los presbíteros. Este personaje, *il commendatore* de los caballeros de San Juan, tenía algo especial, algo que no lograba identificar y algo que no estaba seguro de haber contemplado con anterioridad.

—Os ruego que os sentéis —dijo al paje mientras extendía su mano derecha en un gesto que lo mismo podía perseguir el infundir tranquilidad que el brindar cortesía.

Estaba a punto el paje de colocar sus agotadas posaderas en el asiento, cuando percibió que su anfitrión movía suavemente la mano indicando al sacerdote que se retirara. El sonido de la puerta cerrándose puso de manifiesto que la orden había sido obedecida.

—Me dicen que me traéis una carta de la *signora* Lucrezia... —comenzó a decir el *commendatore* con una voz que al paje le pareció, a la vez, suave y poderosa.

—La *signora* ha fallecido —respondió el muchacho, e inmediatamente se percató de que los músculos del rostro de su interlocutor se habían tensado hasta adquirir un aspecto firme, casi pétreo, duro.

—Comprendo.

Hubiera esperado el paje que dijera algo más, pero el *commendatore* de los caballeros de San Juan guardó silencio. Seguramente, aquel sigiloso intervalo no debió de extenderse más de unos instantes, pero al joven le pareció muy prolongado, como si el tiempo se hubiera detenido y él hubiera quedado colgado en medio de aquella nada tenebrosa que se cernía a su espalda y aquella sencilla lámpara de mesa que iluminaba el oscuro mueble tras el que se encontraba el señor de la casa. De manera casi inmediata, se percató de que no sabía cómo continuar la misión que se le había encomendado. ¿Tenía que dar detalles sobre su cometido o, por el contrario, era su deber guardar silencio a la espera de que volviera a abrir los labios aquel hombre ungido con una especial autoridad espiritual que emanaba directamente del Santo Padre?

—¿Cómo murió? —indagó el *commendatore* arrancando de su disyuntiva al muchacho.

—Pues... —dudó por un instante el paje— murió... tranquila. Sí, tranquila. Era una buena mujer y..., y recibió los últimos auxilios espirituales con gran presencia de ánimo.

—Como quien sabe que va a encontrarse con Dios y tiene la seguridad de que será recibido —concluyó el *commendatore* con un tono de voz abrumadoramente sereno.

El joven dio un respingo, sorprendido por lo que acababa de escuchar.

—Veo que os han informado.

—No —negó—. Nadie me ha dicho nada.

Por primera vez, el *commendatore* sonrió. Fue la suya una sonrisa tranquila y sosegada, hasta tal punto que hubiérase dicho que infundía una paz peculiar.

—Conocí muy bien a tu *signora* —dijo, e inmediatamente añadió—: Fue hace mucho tiempo. Cuando tenía poca más edad de la que tú tienes ahora.

Volvió a guardar silencio y cerró los ojos por un instante.

—¿Qué es eso que tienes que darme? —dijo tras abrir los párpados nuevamente.

—Ah, sí, claro —dijo el joven mientras echaba mano a una bolsa de cuero que llevaba bajo la empapada capa—. Se trata de una carta...

Con gesto de estudiada reverencia, el paje se puso en pie y depositó el portamisivas ante el *commendatore* procurando con extremo cuidado que las gotitas que se desprendían de él no mojaran ninguno de los innumerables libros y papeles que cubrían casi por completo la superficie de la mesa.

Contempló el muchacho las manos del *commendatore* mientras se extendían hacia el estuche de cuero. Fuerza era reconocer que no parecían las de un guerrero, como eran, por definición, los caballeros de San Juan. De hecho, no eran grandes y tampoco parecía que hubieran servido para sujetar una espada jamás. Blancas y sin apenas vello, los dedos destacaban por su delicadeza aunque no fueran especialmente largos. El resto de la mano era algo más ancho, ciertamente, pero no resultaba basto ni vulgar. Sí, no cabía duda de que no había tenido que realizar trabajos manuales. Al menos, no con frecuencia. Sin embargo, a pesar de todo, no tuvo la sensación de que en ellas hubiera el menor signo de afeminamiento. Resultaba imposible advertir en ellas el menor rastro de ese cuidado embellecedor que había observado a menudo en cortesanos y príncipes, ya fueran del mundo o de la Iglesia, ya se tratara de hombres o de mujeres. A decir verdad, tanto la manera en que llevaba cortadas las uñas —un tanto excesivamente— como la ausencia de anillos —no exhibía ni siquiera uno relacionado con el ejercicio de su cargo— parecían indicar un escaso interés por esa forma de vanidad. Si adolecía de ese terrible pecado, el mal se hallaba, por fuerza, oculto en algún lugar de su interior.

—Volved a tomar asiento —dijo el *commendatore* interrumpiendo los pensamientos del paje—. Debéis de estar más que cansado.

—¿Eh? ¡Ah, sí! ¡Claro! —respondió el muchacho, obedeciendo puntualmente la orden que acababa de recibir.

El *commendatore* abrió con facilidad el recipiente de cuero y extrajo la carta. Por la manera en que parpadeó al verla hubiérase dicho que le había sorprendido su carácter voluminoso. Por un instante, pasó las hojas sin reparar en lo escrito en ellas y luego, de manera inesperada, acarició la primera con... ¿ternura? Sí, eso le pareció al emisario, y sin embargo... Bueno, no estaba seguro de haberlo observado bien. A decir verdad, era la primera vez que contemplaba un sentimiento semejante en un personaje de tanta relevancia.

Inesperadamente, el hombre del que dependían los caballeros de San Juan alargó la mano hacia una campanilla de plata, labrada y reluciente, y la agitó con suavidad. El áspero sacerdote que le había conducido hasta aquella estancia debía de estar esperando al otro lado de la puerta, porque apenas tardó un instante en aparecer.

—A vuestras órdenes —dijo a la vez que inclinaba la cabeza con aquel gesto que al paje se le seguía antojando más castrense que frailuno.

—Paolo —dijo con voz suave el *commendatore*—, llevad a este joven a la cocina. Que le den de comer. Bien, por supuesto. Ah, y que le ayuden a secar sus ropas. Sería muy de lamentar que, tras haber cumplido tan adecuadamente con su misión, cogiera una pulmonía.

Hizo una pausa y añadió:

—Es mi deseo expreso que lo traten de la mejor manera. ¿Habéis comprendido cabalmente mis palabras?

Luego, sin esperar respuesta del fraile, dirigió la mirada al emisario y le sonrió:

—Os agradezco mucho lo que habéis hecho. Os merecéis una recompensa. Mañana hablaremos de ello, os doy mi palabra, pero ahora lo más importante es que repongáis fuerzas y que descanséis.

Al paje le pareció escuchar un gruñido de tono desaprobatorio, pero si así fue no tardó en comprobar que en verdad el *commendatore* no estaba dispuesto a consentir que nadie se apartara un ápice de sus instrucciones.

—Paolo —recalcó ahora cada frase, aunque sin levantar la voz—, ten bien presente lo que he dicho. Que cene bien. *Lo mejor* que haya. Y que le den un lecho en condiciones. Nada de alojarlo en el establo o en el granero.

El *commendatore* esperó a que los dos hombres abandonaran la estancia y la puerta quedara bien cerrada. Luego, colocó las manos en los brazos del sillón y se dio impulso para ponerse en pie. Su salud era satisfactoriamente buena, pero no por eso dejaba de sentirse cansado. No se trataba únicamente del trabajo de todos los días —sus jornadas nunca tenían menos de doce o catorce horas de labor—, sino que además estaba la pesada sensación de agotamiento profundo que le había inyectado el simple contacto con la inesperada misiva.

Era como si, repentinamente, los años, sumados en turba irresistible y onerosa, hubieran descargado todo su insoportable peso sobre aquellas espaldas que aún eran anchas, pero menos firmes y fuertes de lo que habían sido en otras épocas.

Por un instante, permaneció en pie frente a la mesa cubierta, anegada casi, de todo tipo de papeles. Luego respiró hondo y comenzó a caminar hacia un punto situado a su izquierda. Se trataba de un lugar más oscuro y frío que la parte de la habitación donde trabajaba, pero sus ojos se hallaban acostumbrados a la penumbra más espesa y su cuerpo disfrutaba desde hacía tiempo de un extraño gusto por la gelidez. Algunos necios empeñados en descubrir notas indubitables de profunda santidad en las gentes dedicadas a la religión insistían en interpretar su desprecio por el calor en términos espirituales. A él le parecían sujetos supersticiosos —¡cuánto aborrecía la superstición!—, consciente como lo era de que la realidad resultaba muy distinta. Con el paso del tiempo, había llegado a necesitar cierta porción de frío casi tanto como la comida o el agua. Lo había sufrido tanto durante la infancia y lo había combatido tanto en el curso de la juventud que —estaba casi seguro de ello— había terminado por incorporarlo a su ser como si fuera un hábito relacionado con el estudio o con el sueño. El calor, por el contrario, con el paso de los años, le impedía respirar con sosiego y alivio, creándole una sensación, cada vez más difícil de soportar, de ahogo, de sofoco y de abotargamiento.

Extendió la mano y, a pesar de la penumbra, acertó con la llave que servía para franquear la cerradura que custodiaba el sólido bargueño español. Con un movimiento de muñeca repetido miríadas de veces, abrió el mueble. Se detuvo por un instante, como si necesitara acumular fuerzas, y luego apartó algunos papeles para facilitar que su diestra diera con lo que buscaba. Así, extrajo de aquel entramado prodigioso de madera noble y resistente un mazo de cartas polvorientas atadas con una cinta descolorida. Con gesto tembloroso, se las acercó a la nariz y las olió. Hubiérase dicho que resultaba más que dudoso que permanecieran en aquellas misivas huellas algunas del aroma que las había impregnado en otro tiempo. Sin embargo, ahora, al sentirlas cerca de su rostro, percibió que el corazón, un corazón que, en ocasiones, se le antojaba un instrumento ya cansado y envejecido, se le llenaba de las luces rutilantes de un tiempo hacía mucho pasado.

De repente, como si se hubiera agazapado en medio de la oscuridad y ahora saliera para perpetrar una chispeante travesura, un rayo de luz, delgado y diminuto, rozó algo que sobresalía entre dos cartas. Por un instante, los latidos del corazón del *commendatore* se aceleraron. Con mano temblorosa, extrajo lo que parecía un grumo de contextura indefinida y se lo acercó a la vista. Tuvo entonces la sensación de que toda la suave luminosidad se concentraba en lo que era simplemente un mechoncito de cabello rubio de tonalidad suavemente rojiza. Cerró los ojos para evitar que las lágrimas le rodaran por las mejillas, apretó el puño derecho como si así pudiera controlar la impetuosa tormenta de dolorosas sensaciones que estaba a punto de desencadenarse en su interior y respiró hondo.

Permaneció así unos instantes hasta que se sintió de nuevo con fuerzas para continuar lo que había emprendido. Luego, como si deseara asegurarse de que no se estaba engañando, abrió los párpados, contempló el rizo dorado y se lo llevó a los labios para besarlo. Sí, ahora se sentía con vigor suficiente. Desanduvo el breve trecho que mediaba entre el bargueño y la mesa atestada, y depositó las cartas atadas y el mechón rubio en un punto situado frente a su sillón. Luego volvió a tomar asiento y echó mano de la misiva que le había entregado hacía tan sólo unos instantes el paje.

Sí, conocía de sobra aquella letra. Claro que le era familiar. Querida y dolorosamente familiar, hubiera podido decir. Quizá la que ahora veía resultaba un poco más temblorosa de la que tantas veces había recorrido con los ojos, pero esa circunstancia podía explicarse por la enfermedad. Sí, no le cabía la menor duda de que aquellos renglones habían sido trazados por ella.

Roma, 1519

El *commendatore* experimentó una sensación de desazón sorda que no llegaba a la ansiedad, pero que, a pesar de todo, se le presentaba desapaciblemente molesta. Lo poco habitual de la situación le provocó un repentino pujo de miedo. Se trató, primero, de una punzada aguda sentida un poco más arriba de la boca del estómago y, luego, de una irradiación hacia los hombros y las caderas, cálida y envolvente. Por un instante, experimentó el cardenal algo parecido a una náusea seca, pero la controló con determinación. No, bajo ningún concepto estaba dispuesto a sentir temor en esos momentos. Aunque, bien mirado, ¿hasta qué punto se podía controlar el temor? Recordaba que, en cierta ocasión, un *condottiero* curtido en mil combates y más que rebosante de vino le había confesado que también él había sentido auténtico miedo en las refriegas en que había participado. «Lo importante —había dicho con voz pastosa— no es el no tener miedo, sino el comportarse como si no se tuviera». Bien. El consejo era digno de tenerse en cuenta, pero a su memoria acudían en ese momento las remembranzas de situaciones pasadas en que debería haber sentido temor y, sin embargo, sólo había experimentado una liviana sensación de felicidad. Era lo que le había sucedido siendo un jovencito cuando, sin encomendarse a nadie, había salido de su Venecia para dirigirse a Sicilia a pecho descubierto. Había actuado así única y exclusivamente porque había tenido conocimiento de que un bizantino huido de los turcos se había refugiado en la isla y enseñaba el griego a algunos —no, a todos no— de los que se lo suplicaban. La idea de aprender la lengua de Platón con alguien que la había hablado desde su infancia había cortado de raíz cualquier posible temor de cara a un viaje por rutas que desconocía y para el que no tenía ni dinero, ni experiencia ni compañía. Y, sin embargo, qué feliz se había sentido... Si llovía, le había parecido que el cielo deseaba lavar su polvorienta montura; si hacía viento, se sentía acariciado; si el sol abrasaba, pensaba que únicamente ansiaba protegerlo del frío. Incluso los senderos y vericuetos donde podían haberse ocultado ladrones dispuestos a levantarle la bolsa o a arrancarle la vida tan sólo le habían parecido vías benditas que le acercaban a un prodigioso maestro. Dicho sea de paso, el griego había demostrado ser un docente extraordinario, y con él había aprendido mucho más de lo que hubiera podido imaginar en Venecia. Sí, en aquella época, tan lejana y que, no obstante, recordaba tan bien, el miedo —y sus hermanas la ansiedad y la desazón— le había resultado un completo desconocido. Ahora, más poderoso y más rico, no podía, desgraciadamente, decir lo mismo.

Juntó las manos en un gesto repetido miríadas de veces e inclinó pesadamente la canosa cabeza. Luego cerró los ojos y musitó una oración inaudible salvo para Aquel al que iba dirigida. Como tenía por costumbre, sus palabras rehuyeron el empleo de las fórmulas establecidas y pretendieron expresar de manera sencilla lo que albergaba su agitado corazón. Transcurrieron así unos momentos de plegaria silenciosa, tan silenciosa que sólo el *In nomine Filii tui Iesu Christi* resonó, casi imperceptible, eso sí, en la solitaria frialdad de la espaciosa estancia.

Sintiéndose ahora reconfortado, el *commendatore* tendió la mano hacia la inesperada epístola que le había traído el empapado paje y se la acercó a los ojos. Nuevamente experimentó una punzada de pesar al contemplar la letra, pero se formuló el firme propósito de no dejarse dominar por los sentimientos. Había resuelto beber aquella copa y no la soltaría sin haberla apurado hasta las heces.

«Mi amado cardenal...», leyó e inmediatamente emitió un respingo. ¿Cardenal? No era cardenal y, desde luego, tenía serias dudas de que pudiera llegar a serlo alguna vez. Y entonces la sorpresa dio paso al malestar. ¿Y si la carta no fuera para él? ¿Y si todo se redujera a una equivocación? ¿Y si Lucrezia no hubiera pensado en él en sus últimas horas? ¿Y si...? Como un caballo enloquecido que se lanzara al abismo, arrojó la mirada sobre el escrito ansiando disipar el malestar que ahora le embargaba.

Roma, 1519

Mi amado cardenal, me dirijo así a vos porque no me cabe la menor duda de que algún día, seguramente no lejano, el papa depositará sobre vuestra adorable y privilegiada cabeza el capelo cardenalicio...

El *commendatore* dejó escapar un suspiro de alivio. Sí, era obvio que no existía equivocación alguna y que la carta era para él.

... Tomad, pues, estas palabras no como una ironía, sino como la predicción de una moribunda. Sí, moribunda, porque cuando recibáis esta carta —epístola, diríais vos, empeñado como siempre en la exactitud de los términos— yo me habré marchado. No estaré en esta tierra de Italia que tantos ríos de sangre ha visto correr desde hace milenios. Tampoco me hallaré en España, el lugar de origen de mi familia, que en todo momento ansié visitar y cuya lengua, bella y dulce, utilicé siempre que pude. A decir verdad, habré partido a otra tierra, a la prometida, la que, si mantuviéramos un punto de cordura, deberíamos desear a cada instante de nuestra vida, porque este mundo es, en verdad, tan sólo un lugar de paso. Habéis de saber que los cortesanos —incluso mis domésticos— me lo ocultan, pero yo sé que me encuentro ya recorriendo el tramo final de esta vida breve. Me muero, lo sé, y, por lo tanto, apenas me queda ya tiempo. Sin embargo, a pesar de que no abrigo duda alguna de lo que os digo, a pesar de que cada minuto es un pedacito de vida que se me escapa por entre los dedos para no volver, a pesar de que debería estar pensando en otras urgencias —o en una sola—, he decidido fingir que los creo y, como si ante mí se extendieran luengos años futuros, aprovechar estos últimos instantes para dirigirme a vos. Por última vez. Por enésima vez.

La primera, ocioso resulta decirlo, la recuerdo muy bien. En septiembre del año de gracia de Nuestro Señor de 1502, con veintidós años, había sufrido un aborto. La pobre criatura era una niña. Se trataba del primer retoño de mi matrimonio con Alfonso d'Este, heredero del ducado de Ferrara, y se había malogrado antes de nacer. Mal empezaba yo a cumplir con el deber sagrado de proporcionar un heredero a mi esposo. Ya os podéis imaginar que sufrí mucho con aquella muerte. Por añadidura, no había deseado yo aquella boda, que obedecía únicamente a los planes —siempre hábiles, retorcidos, los maliciosos dirían que perversos— de mi padre, el papa Alejandro, y de mi impetuoso hermano Césare. A la sazón, Césare rezumaba amargura por cada poro, y no le faltaban razones para ello. Para empezar, como consecuencia directa de la falta de moderación en las artes de Venus, el mal francés había hecho presa en él y mostraba su horripilante poder causando horribles deformaciones en el cuerpo y, de manera aún más cruel, en el rostro. Para intentar paliar, siquiera en parte, el trato despiadado que la pecaminosa enfermedad le ocasionaba, había optado por llevar casi siempre atavíos negros, amén de colocarse sobre el rostro una máscara aferrándose a la menor excusa. A otra persona esa penosa circunstancia la habría arrastrado más hacia el placer, o quizá, por el contrario, hacia la virtud como intento de reparación de su pecado. A él la repugnante dolencia sólo le encrespó más la ambición. Ansiaba disponer de más poder, quizá porque no estaba provisto del que pudiera evitar el deterioro asqueroso de su carne joven. En esas circunstancias, sin duda trágicas, yo me veía reducida a desempeñar el triste menester de peón para que pudiera sentarse a ese tablero de ajedrez donde se juega al terrible pecado que los griegos denominan *hybris*.

El *commendatore* detuvo la lectura. *Hybris*. Sí, quizá lo que estaba viviendo Italia desde hacía décadas, lo que había provocado tantas muertes y revueltas, lo que impulsaba la acción de los papas no era otra fuerza que lo que los antiguos griegos denominaron *hybris,* es decir, el sentimiento de indecente locura que se apodera de algunos hombres llevándoles a creerse dioses. Costaba mucho creer que tanto el papa Borgia como su hijo Césare no habían padecido ese mal. Alejandro VI se había sentado en el templo de Dios como si fuera Dios y actuado como Dios, convertido en señor del bien y del mal. En cuanto a Césare..., sí, había dicho que iba a ser o césar o nada, pero personalmente estaba seguro de que había pensado más en el divino soberano de Roma que en el conquistador de las Galias. *Hybris.* Sí, estaba acertada Lucrezia al referirse a ella.

Seguramente no os sorprenderá que, en esa tesitura, sin poderlo yo evitar, la desmoralización se apoderara de mí como si fuera una niebla espesa y pantanosa que me envolviera arrastrándome a las simas de la tristeza más profunda. Sometida a un matrimonio que no deseaba —y que me parecía que podía durar para siempre—, comencé por preguntarme sobre la razón que podía justificar que mi hijita no hubiera llegado siquiera a nacer. Por añadidura, me interrogaba a todas horas acerca de si sería capaz de proporcionar descendencia a mi nuevo esposo y, al fin y a la postre, mis dudas, tejidas de angustia y desazón, se detenían en la destemplanza de reflexionar sobre la conveniencia ineludible de seguir obedeciendo los designios inexorables de mi padre, el romano pontífice.

Hay mucha gente —no albergo duda alguna— que piensa que el papa es tan sólo el vicario de Cristo en la tierra y que, por lo tanto, su primera preocupación es el bienestar espiritual de los fieles católicos. Por supuesto, cuando se producen abusos injustificados, exacciones monstruosas y crímenes horrendos que proceden de sus mismas manos, se atribuyen a terceros y se insiste en que él no sabe nada. Eso si no se repite la consigna de que todo cambiará cuando cambien los obispos. ¡Pobres ingenuos! De sobra sabéis vos que no es así. El papa, fundamentalmente, es el monarca sin apelación de un Estado importante enclavado en el centro de la península itálica, Estado al que no dejan de asediar, por una u otra razón, diferentes reinos que tienen el descaro de presumir de catolicidad. Llevando sobre sus hombros la sagrada obligación de defender los Estados Pontificios, el papa —y la curia con él— adopta decisiones que, en ocasiones, se corresponden con los intereses de sus fieles y, en otras, chocan frontalmente con ellos. Mi padre, por ejemplo, favoreció de manera generosa y considerable al reino de España en su empresa en las Indias. No hace falta que os explique que resultaba lógico que se comportara de manera semejante, porque él mismo era español. Es verdad que Francisco I, el galante rey de Francia, se quejó agriamente y preguntó en qué parte del testamento de Adán se afirmaba que España era la heredera de aquellas tierras. De nada le sirvió. Dígase, sin embargo, en compensación de lo anterior, que otros pontífices, como es el caso de Julio II, han sido abiertamente antiespañoles o descaradamente profranceses, ya porque nacieron en las antiguas Galias, ya por mera conveniencia. No, no cabe engañarse. Una cosa son las conveniencias de la santa Iglesia católica, única y verdadera, y otra las del pontífice al frente de la Santa Sede, que necesita, como todos los príncipes del Estado que sea, mantener ejércitos, librar la guerra, practicar la diplomacia y, si se tercia, repartir cuantiosos sobornos, cometer criminales atentados y, por supuesto, asesinar. Eso lo he visto yo, vez tras vez, y vos lo conocéis sobradamente.

Alargó la mano el *commendatore* hacia la copa y se la acercó a los labios. Julio II..., Giuliano della Rovere..., ¡menudo sujeto! Había que reconocerle buen gusto a la hora de seleccionar artistas, pero no era menos cierto que había dejado a la Santa Sede en bancarrota por su manía de levantar la nueva iglesia de San Pedro. Para sufragar gastos había aceptado que se predicara la venta de indulgencias a troche y moche y, claro está, había terminado estallando el escándalo... Suele pasar con todos los que gobiernan gastando más de lo que deben. Y sí, había odiado a los españoles con toda su negra alma. Quizá fuera explicable. Para que lo eligieran papa había tenido que repartir el dinero a manos llenas sólo porque el partido español le era contrario. No lo olvidó nunca. Claro que no aborrecía menos a los franceses. Una vez que hubo machacado a los Borgia, no tuvo inconveniente en aliarse con España y con Venecia para expulsar a los galos de Italia. No, Julio II no había tenido escrúpulos morales de ningún tipo. Ni el más mínimo, y sin embargo..., sin embargo había sido popular. Había arruinado a los italianos, los había empujado a una guerra tras otra, había dejado sembradas las semillas del desastre..., y lo adoraban. Sin duda, ésa era una de las ventajas —aunque no todos supieran valerse de ella— que derivaban de ser sumo pontífice...

Pero no deseo desviarme. Hablaba del aborto que acababa de sufrir y lo cierto es que, tras aquella pérdida, me encontraba tan hundida en la congoja que cuando, vestida de luto riguroso y con los ojos hinchados y enrojecidos por el llanto, le pedí a Alfonso licencia para retirarme unos días a un convento, no dudó en concedérmela. ¡Pobre Alfonso! Distaba mucho de ser perfecto, pero, a fin de cuentas, también él era un fiel ejecutor de los proyectos de mi padre, el papa Alejandro. Había cobrado mucho por su obediencia, todo hay que decirlo, pero se había sometido. Luego, desde febrero de aquel año de 1502 en que contrajimos matrimonio, se entregó con el pundonor de un audaz jefe militar a la tarea de ocasionarme una preñez. Creo —Dios me perdone si me equivoco— que, en ocasiones, cumplía con el débito conyugal de la misma manera que el minero que pica sudoroso en las lóbregas galerías. Hacía su trabajo. Lo mejor posible, seguramente, pero sin entusiasmo. Para consolarse de aquella tarea ingrata —¿acaso no era yo una mujer de cierta edad, ¡veintiséis años nada menos!, que ya había tenido dos esposos?—, encontraba por las mañanas pechos más firmes que los míos y, con seguridad, brazos más complacientes. Yo era la obligación y las otras, las fulanas, eran la devoción, y perdóneseme el calificativo.

Por supuesto, era yo consciente de que no existía posibilidad alguna de eludir mis deberes para con mi papa y padre —padre por partida doble, diríais vos con esa ironía que siempre os caracterizó—, pero sí podía buscar algo de solaz. Estaba decidida a encontrarlo en el convento de Corpus Domini, naturalmente si mi señor, Alfonso d'Este, me concedía el permiso para retirarme algunas jornadas. Alfonso frunció aquellos relucientes ojillos de halcón hambriento que tenía, pero acabó respondiendo que sí. La verdad es que, bien pensado, no le faltaban razones para ser considerado conmigo. Mi distanciamiento de la corte por unas semanas le permitiría fornicar más tranquilamente con cortesanas de todo pelaje y condición, y a mí me proporcionaría el reposo suficiente como para reponerme de cara a pasar por un nuevo embarazo que todos, salvo los enemigos de mi padre, el papa, ansiaban feliz.

No nací yo para monja —y si así hubiera sido, mi padre nunca hubiera consentido que consumara mi vocación—, pero, con todo, no pocas veces he buscado encontrar el descanso que precisaba entre las paredes sigilosas de un convento. El silencio absoluto, la oración tranquila, la lectura sosegada —menos el oficio divino, que siempre me ha resultado tedioso— me han proporcionado una serenidad que nunca había logrado alcanzar cuando me encontraba en el seno de mi familia. Aquellos días alejados de la guerra inacabable, de las disputas inagotables y no pocas veces fútiles, de las inquietudes perpetuas fueron para mí como un bálsamo curativo derramado en una llaga abierta.

Llevaba allí un mes reponiéndome de mi última desdicha cuando Ercole Strozzi vino a visitarme.

Strozzi..., Ercole Strozzi... El *commendatore* realizó una nueva pausa en la lectura. De repente, como si la lectura de su nombre hubiera equivalido a un conjuro poderoso, tuvo ante sí la imagen del incomparable Ercole Strozzi. Era uno de los seres más dominados por la codicia y la lujuria que había conocido y aquella alma regida por los pecados capitales se encerraba en un cuerpo retorcido en el que podía apreciarse una acentuada cojera y una pronunciada joroba que se empeñaba infructuosamente en ocultar. Sin duda, había poco de atractivo o amable en su apariencia externa, por no entrar en su conducta, y sin embargo..., no podía negarlo, pensó mientras se le humedecían los ojos, pocas personas le habían proporcionado tanto solaz como Strozzi. Su espíritu también había sido ingenioso, chispeante, inteligente, culto, atrevido, sagaz... ¡Cuántas veces había reído a mandíbula batiente escuchando sus gracietas! ¡Cuántas veces había escuchado absorto sus juicios sobre el arte y la literatura! ¡Cuántas veces había recibido su ayuda, brindada de la manera más desinteresada y generosa! Ercole..., el gran Ercole..., el amigo Ercole. Se pasó la mano por los ojos, como si pudiera aclarar la niebla de pesar que había comenzado a extenderse sobre su corazón, y regresó a la lectura.

... cuando Ercole Strozzi vino a visitarme. La razón era que vos, su buen y querido amigo Pietro Bembo, acababais de llegar a su finca de Ostellato. ¡Ah, pobre Strozzi! Sin duda, se trataba de todo un personaje... No tengo que daros a vos, su compañero del alma, detalles de cómo era aquel cojo prodigioso. Poeta notable, agudo cortesano, ameno conversador... Era todo eso... y más. Por ejemplo, para mí era una irrefutable demostración de cómo la belleza física no es indispensable para disfrutar de un éxito extraordinario con las mujeres. Recuerdo que vos una vez me dijisteis que existían una serie de razones que convierten a un hombre en atractivo más allá de su rostro, de su talle o incluso de su trasero. Por supuesto, la hermosura pesa, pero también el poder —mi padre era un buen ejemplo de ello— y, como vos me enseñasteis, también poseen una fuerza de seducción notable la castidad y el saber. Sí, muchos ni siquiera lo considerarían, pero un hombre casto, y, por lo tanto, inalcanzable, atrae a multitud de mujeres como un imán, quizá porque, en el fondo de sus corazones, sueñan con ser aquella que pueda apartarlo de su obediencia a una ley presuntamente superior a las humanas. Ahí está como prueba el caso de tantos sacerdotes cuyo atractivo sienten sobre sí las mujeres con una enorme fuerza. No es que sean más elocuentes, o más buenos o más bellos. Simplemente, parecen —o incluso puede que sean— castos. Strozzi no lo era, sin duda, pero, a cambio, poseía el saber, y el saber…, el saber explica cómo aquel cojo feo —casi repugnante— disfrutaba de una extraordinaria capacidad de seducción que le envidiaban los más apuestos galanes. Pero no deseo apartarme de mi relato. El caso es que Strozzi llegó hasta el convento de Corpus Domini y me hizo saber que ya estabais en Ostellato. Se extendió en detalles graciosos sobre la manera en que os habíais visto obligado a realizar el viaje en dos embarcaciones. En una ibais vos, soportando como podíais el frío que salía nebuloso de las gélidas aguas; en la otra, se habían transportado vuestros queridos e indispensables libros, por cierto, nada escasos en número. Los necesitabais porque habíais aceptado la invitación de Strozzi para quedaros en Ostellato con la intención de escribir una obra que iba a titularse *Gli asolani*.

«No, Lucrezia —pensó el *commendatore*—, no fue por eso». Había necesitado los libros no para documentarse —aunque pudieran tener esa utilidad—, sino para vivir. Sí, para vivir. Aquellas páginas abiertas, recorridas con la vista y las manos una vez tras otra, le habían llenado de aire los pulmones y de luz los ojos. Sí, amaba los libros y no podía vivir sin ellos. A lo largo de su vida, había ido aprendiendo que era totalmente alcanzable la meta de irse desprendiendo de todo y ser feliz. De todo, sí, pero no de los libros. Con ellos se podía dialogar, aprender, reír, disfrutar. No pedían dinero ni favores. No se sentían ofendidos por no ser los únicos. No se entregaban a la intriga o la conspiración. ¿Cuántos amigos semejantes se podían hallar en este valle de lágrimas? ¿Cuántos? Movió la cabeza como si se respondiera a la pregunta y continuó la lectura.

… con la intención de escribir una obra que iba a titularse *Gli asolani*. Según me contó el tullido, intentabais compendiar en aquellas páginas una visión del amor que conjugaba lo que habían creído los griegos y lo que enseñaban las Sagradas Escrituras. En otras palabras, lo divino y lo humano; lo clásico y lo cristiano; Atenas, Roma y Jerusalén.

Reconozco que el tema era bueno y, en otro momento, en otro lugar, en otras circunstancias, la noticia de la llegada de un erudito como vos me hubiera causado, si no una enorme alegría, sí, al menos, un notable interés. Sabedora de lo que podía dar de sí la corte de Ferrara, yo misma había intentado, desde mi llegada al ducado unos meses antes, convertirla en una nueva Atenas o, todavía mejor, en uno de esos reinos que los griegos, pocos siglos antes de Cristo, establecieron en el sur de Italia, donde se juntaban de la manera más natural artistas, filósofos y poetas.

De momento, es verdad, no contaba con Platón, ni siquiera con Pitágoras, pero en Ferrara se habían asentado Antonio Tebaldeo, que acabaría siendo mi secretario y que ya entonces imitaba con cierta gracia a Petrarca, y Ludovico Ariosto, que había escrito un epitalamio en latín para uno de mis anteriores matrimonios, el contraído con Alfonso, y también Tito, el padre de nuestro Strozzi, que era un magnífico latinista. Ahora llegabais vos, inesperado y poco conocido para mí, pero decidido a estudiar y exponer el amor.

No os adulo en absoluto si afirmo que no erais, en realidad, inferior a ninguno de ellos. De hecho, es cierto que el cojo Ercole me habló de vos con arrebatado entusiasmo mientras dibujaba aspavientos con las manos, cortando el aire con sus gestos, subiendo y bajando sus cejas de embustero redomado. Sin embargo, se trataba de un calor irradiante que se basaba más en la realidad fría que en la abrasadora amistad. Me contó así cómo habíais viajado siendo un jovencito hasta Sicilia tan sólo para aprender griego y cómo habíais estudiado en Padua, para luego pasar a Ferrara y aumentar vuestro conocimiento y sabiduría a los pies de Nicolò Leoniceno, uno de nuestros humanistas más brillantes. Me habló de vuestra incomparable capacidad de estudio tan sólo superada por la que disponíais para trabajar horas y horas, y días y días o meses y meses. Me refirió cómo había constituido un éxito titánico arrancaros de vuestra fría y húmeda Venecia.

¡Fría y húmeda Venecia! El *commendatore* levantó los brazos en indubitable señal de protesta. Le molestaban aquellos tópicos que —no tenía duda— habían sido diseminados por los enemigos jurados de su patria. Venecia no era ni fría ni húmeda, pero, por añadidura, pocas, muy pocas ciudades podían compararse con ella. Ya Petrarca la había considerado, con toda la razón, por otra parte, un claro símbolo de la libertad. Con razón, por defender su libertad, todos los venecianos, en bloque y sin excepción, habían sido excomulgados por el papa en alguna ocasión y hacía tan sólo diez años habían tenido que soportar una campaña militar desencadenada bajo las banderas de la Santa Sede. De todo habían salido con bien... porque no era una ciudad fría y húmeda, sino un enclave de prosperidad, de ingenio, de erudición, de amor por la libertad, esa libertad sin la que no se puede ser ni feliz ni siquiera hombre, esa libertad que tan difícil les resultaba de entender a los que vivían en los Estados Pontificios o en cualquiera de aquellos Estados diminutos en que Italia se hallaba fragmentada hasta extremos absurdos y ridículos. Dejó que por las ventanas de la nariz saliera el aire con fuerza, como si se tratara de un resoplido de protesta. ¿Qué podía saber Lucrezia, que siempre había estado rodeada de tiranos o de aspirantes a serlo, ¿cuál era la esencia de Venecia?

... arrancaros de vuestra fría y húmeda Venecia. Me susurró cómo el cojo Strozzi había convencido a mi marido para que os atrajera a la corte en condiciones excepcionales, brindándoos incluso la posibilidad de alojaros en nuestra residencia veraniega de Belriguardo porque allí la temperatura era más baja y vos necesitabais de un cierto frío para trabajar. Todo eso me lo relató mientras yo lo escuchaba cortésmente, pero —lo confieso— con escasa atención.

—¿Cómo es su comportamiento? —le pregunté, porque atravesaba por uno de esos días (los pasaba de vez en cuando) en que la conducta moral me parecía más relevante que la sapiencia intelectual.

El chispeante cojo volvió entonces a referirse a vuestra extraordinaria inteligencia, a vuestros ciclópeos conocimientos, a vuestra laboriosidad difícil de igualar, pero yo interrumpí aquella laudatoria exposición y le espeté en tono cortante:

—¿Y las mujeres?

Por primera vez, me pareció que el cojo Strozzi se sentía inseguro. De hecho, enrojeció levemente y farfulló:

—Bueno..., no está casado...

¡No estabais casado! ¡Como si eso fuera una garantía de castidad! ¡Tampoco lo estaba mi padre y había tenido una vida de lecho que no podía calificarse precisamente de inactiva!

—No es eso lo que os estoy preguntando —le interrumpí, más áspera de lo que debía—. Quiero saber si es uno de esos hombres que no saben comportarse debidamente.

Strozzi —¡pobre Strozzi!— no se esperaba aquel comentario que, siquiera indirectamente, no lo dejaba en buen lugar. Primero, porque no era él un modelo de conducta apropiada y, segundo, por atreverse a acercárseme en recomendación vuestra. No resulta extraño que sufriera un breve acceso de tos, aunque supo reprimirlo con cierta gracia para articular una respuesta:

—Pietro Bembo es…, es casi casto, *signora*.

—¿Casi? No se puede ser casi casto —repuse con sequedad—. La castidad es como el embarazo. O se está embarazada o no se está. O se es casto o no se es.

—*Signora* —dijo el cojo después de respirar hondo—, Pietro Bembo no acude jamás a los servicios de cortesanas o prostitutas. Tampoco corre tras las mujeres. Debe quedaros claro que todo eso que acabo de deciros es cierto, pero…

—Pero… —repetí, porque, lo confieso humildemente, empezaba a divertirme el nervioso azoramiento del renco poeta.

—Pero tiene una amante. ¡Una sola!

—¡Vaya! —protesté—. Así que la condición de casi casto la otorga el hecho de ofender a Dios sólo a través de un canal y no de varios como hacen tantos hombres... Por esa misma regla, se podría decir que es casi honrado el hombre que sólo roba a una víctima o que es casi pacífico el que sólo perpetra sus homicidios en el seno de un grupo único. ¡Ah, cuántas vueltas y revueltas para negar la realidad del pecado!

Strozzi no despegó los labios. Imagino que había llegado a la conclusión de que no tenía ningún sentido enzarzarse en una discusión conmigo. No era yo de la misma opinión.

—¿Soltera o casada? —indagué imperiosa.

—Bueno... —comenzó a decir el infeliz tullido con un rubor que parecía empeñado en treparle por encima de la barba.

—Os ruego que no me hagáis perder el tiempo —le insté fingiendo un severo rigor que apenas servía para ocultar lo risueñamente divertida que me sentía en esos momentos. Debéis reconocer conmigo que colocar al cojo Strozzi en una situación de apuro no era tarea fácil.

—Casada... —dijo con un hilo de voz, quizá abrigando la esperanza de que no llegara a escucharlo.

La violación de los votos pronunciados en el sacramento del matrimonio siempre me ha parecido mal. Entendedme bien. No es que vea bien la mera fornicación. Se trata de un pecado condenable acerca de cuya reprobación la Ley de Dios no deja lugar a dudas. Sin embargo, siempre ha aparecido ante mis ojos como un acto menos grave el de aquellos que se unen carnalmente sin estar ligados por los votos matrimoniales al pecado que perpetran los que se hallan sometidos a ese vínculo. En el caso del adulterio, las mujeres cometen, por añadidura, una traición especialmente repugnante, porque corren un riesgo cierto de dar al marido un hijo que no es suyo, obligándolo además a compartir el patrimonio de sus verdaderos vástagos. Los momentos de placer ilícito de la madre se convierten así en el camino expedito para que un cuco cruel expulse del nido a los herederos legítimos. Por lo que se refiere a los hombres, no sólo faltan al respeto a sus cónyuges perpetrando adulterio, sino que además, si la relación se convierte en estable, reducen a la condición de víctimas de un segundo lecho a mujeres, las amantes, que no pocas veces son también inocentes. Pero no deseo desviarme. Como os iba diciendo, aquella noticia sobre vos no me agradó. Incluso, sinceramente indignada, pregunté a Strozzi quién era aquella mala mujer, porque sólo podía ser mala la que no respetaba su compromiso conyugal.

—Se llama María Savorgnan —respondió con un hilo de voz Strozzi.

El *commendatore* interrumpió por un momento la lectura. María Savorgnan. Sentía ahora un calor que se le enroscó en las orejas como si fuera un niño al que su madre hubiera descubierto con los dedos metidos en el codiciado tarro de la miel. María... Habían pasado muchos años, pero todavía la recordaba. Sí, la memoria se la trajo como si acabara de despedirse de él, como si acabara de contemplar sus cabellos graciosamente ondulados, como si acabara de pasar las yemas de los dedos por su rostro y su cuello. Era mayor que él. A decir verdad, cuando se habían conocido, María ya había superado holgadamente la cuarentena, pero, a pesar de la diferencia de edad y de los prejuicios que puedan tener tantos hombres acerca de las mujeres más añosas que ellos, la había amado con una pasión que sólo podía calificar como verdadera, irresistible e innegable locura. Contemplado todo con la distancia que sólo proporcionan los años, no podía sino interrogarse sobre la manera en que, una y otra vez, le había hecho el amor sin sentir ni cansancio, ni hastío, ni aburrimiento; sobre la manera en que su cuerpo y su corazón habían vibrado al unísono por el nuevo contacto de su piel, y sobre la manera en que había soñado con ella despierto y había dormido con el alma insomne por ella. ¡Ah, María! ¡La única, la incomparable, la indescriptible María!

Recordó el *commendatore* que le había escrito versos —¿se conservarían en alguna recóndita gaveta o habrían sido consumidos por el fuego?— y que le había musitado requiebros infinitos y que le había suplicado que abandonara a su marido, un personaje pesado, casi germánico, del que ella se permitía ocasionalmente hablarle bien con el resultado inevitable de que le encendía unos celos insoportables y una cólera ardiente que habían amenazado con consumirlo como la paja seca a la que se acerca una antorcha.

¡Cuántas veces durante aquella época —le daba vergüenza tan sólo el recordarlo— había estado a punto de salir al encuentro de aquel hombre odiado y de llamarlo «cornudo» y de arrojarle un desafío para batirse en un duelo en el que la sangre y el acero pudieran cortar los lazos que ataban a María! ¡Oh, en cuántas ocasiones! Y lo hubiera hecho porque la simple idea de que alguien pudiera estar cerca de ella le desgarraba el pecho, le arañaba el alma y le privaba de aliento. Desde luego, tenía que darle gracias a Dios una y mil veces, porque en su infinita gracia había impedido que diera un paso de semejante envergadura, que podía haber concluido con derramamiento de sangre...

Sintió ahora cómo un calor súbito que le brotaba del cuello y se le enroscaba en las orejas le descendía por los pómulos y las mejillas. Había pasado tanto tiempo y, sin embargo..., sin embargo, por un instante, sintió en las palmas de las manos el tacto de sus pechos —de aquellos pechos que María estaba empeñada en que no le gustaban—, de sus caderas, de sus nalgas, de su pelo dorado, de sus labios...

Estiró la mano hacia la damajuana de plata que reposaba, panzuda y adormilada, encima de la helada mesa y se sirvió un trago. Luego se acercó la copa a los labios y la vació de un tirón. Era agua. Agua muy fría. A decir verdad, en su juventud nunca había logrado acostumbrarse del todo a esos vinos que tanto alegraban el corazón de los cortesanos. Ahora, en el estío de la vida, seguía sin disfrutar completamente del alcohol. Claro, que menos se había acostumbrado a los recuerdos que iban unidos, esculpidos más bien, en carne y sangre a María. Pero de eso hacía tanto tiempo...

D i Fonso no era precisamente un defensor a ultranza de la castidad, pero, como a tantos bautizados en el seno de la iglesia católica, le revolvía el estómago la visión de un sacerdote que careciera de ella. Le incomodaba aquella conducta aunque no compartiera la obligatoriedad del celibato. A decir verdad, éste le parecía innecesario e incluso no hubiera dudado en calificarlo de antinatural. Estaba convencido además de que detrás de su férrea imposición —que no existía en otras iglesias, como las protestantes o las ortodoxas— no había razones espirituales, sino que meramente se trataba de una disposición encaminada a mantener de forma perpetua el dinero y el poder en el seno de la institución. Un sacerdote célibe no tenía la menor posibilidad de dejar un céntimo ni a la viuda ni a los huérfanos. Todo el caudal quedaba así en las manos de la entidad en la que estaba encuadrado para que siguiera acumulando una riqueza que no pasaba de ser el fruto procedente de la opresión secular de los pueblos.

A lo sumo, Di Fonso podía aceptar que alguien, de manera voluntaria y convencida, deseara privarse de algo tan necesario e indispensable, tan natural a fin de cuentas, como el matrimonio y la familia. Pero es que, en la práctica, el respeto al celibato no se daba casi nunca. Las amas de los curas habían sido conocidas por todos en todas partes y en todo tiempo. Más bien, la castidad en un clérigo era la excepción y no la norma. Para ser sinceros, hacia esa situación, por regla general, Di Fonso sólo sentía compasión. A fin de cuentas, aquellos curas no pasaban de ser lo último de la clase de tropa de un ejército lanzado a dominar el mundo con el miedo más cerval, la mentira más absurda y la superstición más tiránica. Lo que verdaderamente le sacaba de quicio era el hecho innegable de que los que sujetaban con mano de hierro las riendas —cardenales y papas— eran los primeros en violar las reglas que habían impuesto sobre los hombros de los extraviados fieles. Podía equivocarse, pero tenía la sensación de que el texto que estaba estudiando le iba a proporcionar más de un argumento para exponer semejante impostura...

Roma, 1519

El *commendatore* sacudió la cabeza como si ese movimiento pudiera ayudarle a librarse de aquellos recuerdos tan dulces relacionados con María y que arrancaban, sin embargo, insoportables punzadas de dolor a su cansado corazón. Más de una vez había reflexionado sobre la manera en que la memoria verdaderamente recordaba la realidad o, simplemente, la falseaba. Estaba él más que seguro de que las sensaciones que experimentaba ahora no eran las mismas que había sentido en su momento tantos años atrás. El hambre, la estrechez, la necesidad que había atravesado en algunos instantes, más bien aislados, de sus primeros años habían sido —no tenía duda— profundamente desagradables, si es que no lacerantes. Sin embargo, ese carácter mordiente, incluso humillante, lo habían ido perdiendo con el paso de las décadas y ahora sólo le traían el suave aroma de la melancolía remansada y vinculada a un tiempo que, con certeza, no fue mejor, pero en el que había tenido, eso sí era cierto, menos edad.

¿Había sido aquella casa de Ostellato que Strozzi puso a su disposición un lugar paradisíaco? Ni de manera aproximada. Recordaba a la perfección, casi como si en esos momentos volviera a estar en su interior, que resultaba húmeda, inhóspita, incluso desapacible. Adecuada quizá sí lo era para mitigar y convertir en soportables los calores del estío, pero intolerable para el resto del año. Por añadidura, abundaban los ratones, unos roedores impertinentes y contrarios a la cultura que se habían empeñado en agredir con especial saña sus volúmenes de Aristóteles. ¿Qué daño les había ocasionado el sabio maestro de Alejandro Magno para que aquellos mures pardos la tomaran así con sus escritos admirables? Y sin embargo..., ah, sin embargo el recuerdo le resultaba hermoso, porque él era mucho más joven y lo que se extendía ante los miopes ojos de su mente era toda una vida futura y no la perspectiva ineludible de tener que comparecer ante el Altísimo en cualquier momento. Sí, por aquel entonces todo o casi todo daba inicio mientras que ahora iba acercándose a su conclusión. Y además... Sacudió la cabeza como si pudiera disipar los pensamientos igual que si fueran molestas moscas estivales. Luego respiró hondo, volvió a clavar la mirada en el documento que le había traído el paje y reanudó la lectura.

Roma, 1519

He reflexionado muchas veces sobre el momento en que, finalmente, nos conocimos. Abandoné el convento donde tan grato sosiego había recibido poco después de que Strozzi me comunicara vuestra llegada, pero los efectos balsámicos de aquella vida sobria y recogida aún perduraron durante unas semanas en el interior de mi corazón. Sé que cuando os recibí en la corte no pasé de hacer gala de una cierta cortesía protocolaria. No deseaba hacer otra cosa. Tampoco estaba en mi mano, lo reconozco. Había demasiada tristeza como para pensar incluso en departir con un talento como afirmaban que erais vos. En ello he reflexionado después muchas veces y estoy convencida de que quizá todo hubiera seguido así para siempre de no ser por vuestra testaruda obstinación. Lo más seguro es que jamás habríamos pasado de una conversación culta, de un requiebro donoso por vuestra parte, de una sonrisa con un rictus de coquetería por la mía. Pero todo se desarrolló de una manera bien distinta.

A mediados de noviembre de aquel triste año de 1502, fui yo la que, de luto riguroso todavía, acudió a visitaros a Ostellato. No pasó de ser un encuentro protocolario, de acogida amable, de bienvenida obligada. Unos días después recibí un epigrama vuestro quejándoos de la gelidez. Estoy convencida de que sólo se trató de una excusa, porque a pocas personas he conocido que resistan tan bien el frío y que se quejen tan poco de él como vos. Fuera como fuese, lo cierto es que no podría asegurar que os respondiera. Pienso que no y que simplemente interpreté aquella misiva como una nota de agradecimiento por mi visita y una petición para que presionara a Strozzi a fin de que mejoraran la calefacción de Ostellato. Y así, de manera pausada, casi agradable, el año llegó a su término y yo comencé a sentirme algo más animada.

Tengo la sensación de que mi regreso a la vida normal se produjo durante los preparativos para el baile de Año Nuevo. La danza siempre ha ejercido sobre mi pobre persona virtudes incomparablemente terapéuticas. Puede parecer una estupidez, lo sé, pero basta con que mis oídos escuchen la música y mis piernas den tres o cuatro pasos para que las penas queden ahuyentadas. En ocasiones pienso que esta peculiar —y grata— particularidad procede directamente de la sangre española que me transmitió mi padre, el pontífice. Fue un gran pecador, no se me oculta, pero que Dios le bendiga siquiera por haber conservado en su ser tantos rasgos españoles.

Vos vinisteis a aquel baile acompañado por Strozzi, pero yo —lo reconozco— no os presté mucha atención. Andaba demasiado preocupada porque todo saliera como era debido y demasiado animada por la música como para pensar en otros asuntos. Sí recuerdo que os dije, de manera meramente protocolaria, que me gustaría que dejarais Ostellato y os afincarais en Ferrara. Por supuesto, tanto Strozzi como vos captasteis el verdadero alcance de mis palabras y dijisteis que no.

El *commendatore* reprimió un gesto de malestar. Las imágenes afluyeron otra vez a su memoria en caótico desorden. ¡Qué desagradable le había resultado aquel baile! Hubiera deseado poder hablar con Lucrezia, departir sobre Platón y el amor, compartir su trabajo, y lo único que había descubierto era a docenas de cortesanos danzando como si fueran cabras beodas y vestidos como orgullosos pavos reales. No le apetecía en absoluto ir a parar a una zahúrda semejante. Había sido él quien se había negado de manera tajante a trasladarse a Ferrara. Por nada del mundo se habría sumado a aquella masa amorfa de cortesanos saltarines y aduladores. La verdad es que el pobre Strozzi se había limitado a cumplir el papel de eco de sus palabras. Por otro lado, se había marchado con la impresión de que a Lucrezia no le había importado gran cosa que respondiera de esa manera. Estaba demasiado distraída danzando como para fijar su atención en nada más. En conjunto, le punzaba el pecho tan sólo recordarlo. Se había tratado de una experiencia decepcionante, pero, a tantos años de distancia, ¿qué podía importar? Respiró hondo y continuó la lectura.

Lo he pensado mucho después y estoy convencida de que siempre poseísteis una astucia peculiar. Me explico. Creo que deseabais tenerme, pero no correr riesgos innecesarios. A los pocos días de aquel baile de Año Nuevo, me escribisteis desde Ostellato quejándoos de un catarro que os impedía continuar la redacción de vuestro libro. No estoy segura, por supuesto, pero creo que intentabais moverme a compasión. Quizá pensasteis que el instinto maternal que casi todas las mujeres poseemos se activaría poderoso al imaginaros indefenso y moqueante en la cama y que incluso correría a confortaros. Querido cardenal —futuro cardenal—, os equivocasteis.

Pasaron las semanas y, de manera inesperada —ya casi ni recordaba que estabais en Ostellato—, recibí una nueva carta vuestra en la que me solicitabais algunos libros en griego. Sí, vos, al igual que algunos otros, ya habíais captado que la llave para acceder a la verdadera sabiduría es el dominio de la lengua de los antiguos helenos. En ella escribieron Platón, Aristóteles, Plutarco e incluso los maestros de las prohibidas ciencias ocultas. Por añadidura, en griego, a fin de cuentas, se redactó el Nuevo Testamento, verdadera carta de fundación de nuestra fe. En griego, aunque fuera en piedra, se trazó también durante siglos la belleza más sublime que les ha sido dado realizar a las manos de los artistas. Vos también lo amabais y, sin duda, no podía ser de otra manera. Al mencionarlo, quedaba de manifiesto que, después de pulsar la cuerda de la compasión, recurríais a tocar la de mi amor por las artes.

El *commendatore* interrumpió la lectura y se frotó los cansados ojos con las yemas de los dedos. El griego. ¡Qué poco hubiera podido imaginar la primera vez que se acercó a un alfabeto el océano de belleza en el que navegaría durante años gracias a esa lengua! Le había entusiasmado desde el primer momento. Amaba el latín, claro está, incluso se había esforzado como tantos otros por escribir a la manera ciceroniana, pero el griego... Había entrado casi tembloroso de emoción en una asociación juvenil que se autodenominaba los filohelenos, los amantes del griego. En sus reuniones tan sólo utilizaban esa lengua para comunicarse y cuando, inadvertidamente o por ignorancia, usaban una sola palabra en otra lengua..., ah, entonces se veían obligados a pagar una multa. Profanar las deliciosas frases en griego con un término latino o toscano sólo podía ser digno de una sanción. Sí, y luego vino el viaje a Sicilia y las largas —aunque deliciosas— horas de charla peripatética con un maestro que había huido de los bárbaros turcos. ¡Qué felices, qué increíble e indescriptiblemente felices fueron aquellos días! La única preocupación que había sobrevolado su existencia en aquel entonces había sido la de dominar la conjugación, la de captar los matices de los sustantivos y la de memorizar el mayor número de palabras... Respiró hondo y reanudó la lectura.

… después de pulsar la cuerda de la compasión, recurríais a tocar la de mi amor por las artes.

En otro momento, os hubiera atendido, pero aquellos meses no fueron los más adecuados. Andaba muy mal de dinero. Verdaderamente mal. Durante esa primavera, tuve incluso que emplear el recurso odioso de pignorar mis joyas para pagar bailes. Sí, os lo aseguro, pero no creáis que se trataba de una muestra de frivolidad. En realidad, era como pagar a un médico aun a costa de empeñar los objetos valiosos de la casa. Simplemente, necesitaba de aquella diversión para sortear la inmensa tristeza que me invadía a diario en la corte de Ferrara. A esas alturas, no sólo es que no me quedaba embarazada para disgusto —político, todo hay que decirlo— de mi padre, el papa, sino que mi marido había decidido que ya no merecía la pena ser discreto con sus amantes. No exagero si digo que en aquellos días me veía pasando con suma facilidad del llanto a la tristeza casi impasible y que sólo podía evitar aquellos horribles vericuetos de mi alma danzando. ¡Hasta qué punto no llegaría mi necesidad de ahogar en música mi pesadumbre que terminé por pedir a mi padre que perdonara, en su calidad de pontífice, las rentas del arzobispo de Ferrara para poder así disponer de algún dinero!

Así iba transcurriendo para mí aquel año de gracia —en realidad, de desgracia— de Nuestro Señor de 1503. Estoy prácticamente convencida de que vuestro caso era muy diferente. En Ostellato, a la vez que os dedicabais a la traducción de los clásicos —esos clásicos que tanto amabais— y a la redacción de *Gli asolani,* escribíais unas poesías rezumantes de pasión y palabras grandilocuentes que me tenían como causa y finalidad, como destino y fin, como raíz y consumación. Vuestro problema, casi único me temo, era cómo hacer que me llegaran aquellos escritos. Pienso que no debió de costaros mucho dar con el camino. Quizá una tarde os dijisteis que los dioses de la antigua Grecia contaban con Hermes para transmitir mensajes y, de manera inmediata, llegasteis a la conclusión de que Strozzi podía realizar las mismas funciones de aquella divinidad que disponía de alas en los pies para desempeñar con mayor rapidez su misión. ¡Pobre Strozzi! Por supuesto, él no podía volar con los talones. Ya tenía bastante suerte si lograba no renquear demasiado mientras caminaba... Pero aunque se pareciera más a Hefesto, el dios cojo casado con Afrodita, la casquivana diosa del amor, cumplió con su misión de manera extraordinaria.

Recuerdo cómo se acercaba hasta mí y, fingiendo que se inclinaba ante mi belleza, me deslizaba un billete escrito por vos, o cómo, a la vez que me tendía una rosa, me susurraba la rapidez con que la flor se marchita y que por ello precisamente debía aprovechar su lozanía... con vos, ni que decir tiene.

El *commendatore* detuvo la lectura. El recuerdo de aquellos tiempos en los que Strozzi se había convertido en su especial Celestina le había provocado una sensación agridulce de culpa y de nostalgia. Parecíale que, de repente, iba a revivir la sensación cálida del enamorado que da los pasos para acercarse cada vez más a su amada, pero, apenas su corazón había sentido fugazmente ese calorcillo tierno, la frialdad que nace de saberse viejo le heló. Entonces había sido joven y enamorado, pero ya no era ninguna de las dos cosas. Entonces había sido despreocupado y apasionado, pero también hacía mucho tiempo que ambas conductas habían desaparecido de su comportamiento cotidiano. Entonces había sido feliz por la ilusión que lo embargaba, pero si le hubieran preguntado en ese momento cuándo era la última ocasión en que había sentido algo similar no le hubiera resultado fácil dar con una respuesta. Y a aquella suma de sentimientos desolados se sumaba, sorda y agobiante, la culpa. No era una culpa concreta por un pecado específico, sino que, más bien, se trataba de algo difuso que le llevaba a sentirse cansado, próximo al final, cercano a la muerte. No era la primera vez que se enfrentaba con una desazón semejante y, hasta cierto punto, sabía cómo reaccionar. Respiró hondo, retuvo el aliento en el interior de los pulmones por unos instantes y luego lo expulsó lentamente por entre los labios. Repitió aquel sencillo movimiento dos, tres, cuatro veces y, al final, reanudó la lectura.

... me susurraba la rapidez con que la flor se marchita y que por ello precisamente debía aprovechar su lozanía... con vos, ni que decir tiene.

No era la primera vez —no fue la última, también lo reconozco— que un hombre pretendía poseer mi cuerpo sin importarle que estuviera casada. Sin embargo, siempre me había resistido con cierta facilidad a ese tipo de acercamientos. Mi educación al respecto había sido clara y terminante. Los votos matrimoniales no deben ser jamás objeto de una traición. Sí, sí, ya sé que muchas lo hacen, pero porque haya mujeres que se dediquen a la prostitución, ¿debería yo dedicarme a vender mi cuerpo? Porque haya ladrones que asaltan caminos, ¿tendría yo que apoderarme de lo ajeno? Porque haya asesinos que logran que no se descubra su crimen, ¿habría yo de manchar mis manos de sangre? Por supuesto que no.

Y entonces, a mitad del año, a inicios del mes de junio, me enviasteis el primer libro de *Gli asolani,* un par de sonetos y una canción toscana. Ni vuestro estudio sobre el amor ni los sonetos —debo confesároslo— me causaron una gran impresión, pero la canción..., ah, la canción fue algo muy diferente. Me contabais en la carta que acompañaba vuestros escritos que os había llegado un poema del español Lope de Estúñiga titulado «Yo pienso si me muriese». Os había impresionado tanto que sobre él habíais compuesto la canción, y lo más conmovedor era que afirmabais que estabais convencido de la superioridad del español sobre el toscano a la hora de ser un vehículo con el que expresar sentimientos de amor. Aquella afirmación vuestra me llenó de estupor. Mi muy querido *commendatore*, mi futuro cardenal, vos sois más que Dante o que Boccaccio, el padre de la lengua que hablamos en Italia. Sé que los florentinos nunca lo reconocerán, pero vos, un veneciano orgulloso de haber nacido en Venecia, habéis convertido en lengua culta lo que habla la gente de esta tierra y no os ha importado llevar a cabo esa tarea partiendo del toscano. Y precisamente vos, vos, el padre del italiano, afirmabais esto del español. ¿Erais sincero en vuestras palabras o tan sólo pretendíais halagarme? Lo ignoro, pero aquella referencia a la lengua de la nación de la que procedía mi sangre, nación a la que amaba pero que nunca pude visitar, me emocionó.

Estoy cierta de que no podéis imaginaros lo que significó para mí aquella misiva. En aquellos días, mi marido andaba visitando fortalezas en un periplo de inspección y yo me sentía no únicamente sola —¿cuándo, por otra parte, Alfonso me había servido de compañía?—, sino, por añadidura, presa de la melancolía más honda. Se trataba de una sensación que se agudizaba a la hora de la siesta, cuando el agobiante calor obligaba a refugiarse tras los espesos muros del palacio ducal. Y entonces llegó aquella carta en la que quise sentir el dulce olor de los fragantes naranjos de los que tantas veces había escuchado hablar a mi padre y pensé escuchar a docenas, centenares, miles de personas hablando en español y anhelé sentir sobre mi piel el soplo de un viento clemente que sobrevolaba las rizadas olas de un mar limpiamente azul.

Os respondí inmediatamente con una carta de agradecimiento. Su contenido no tenía nada de particular, me consta, pero estaba redactada en español, en esa lengua que vos habíais elogiado tan cálidamente. Creo que vos captasteis a la perfección lo que aquello significaba. No se trataba de que aceptara el reto de utilizar una lengua distinta del toscano para expresarme, o de que quisiera mostraros que había entendido a la perfección el motivo de vuestra inspiración. Era más bien que aceptaba abriros esa parte de mi ser tan íntima que nadie, quizá sólo mi padre, podía sospechar su existencia.

Por supuesto, respondisteis. Claro que lo hicisteis. Poco más de una semana después me llegó una carta en la que apenas encubríais vuestros sentimientos. Por el contrario, os referíais a un tipo de amor que es auténtico y real, pero que, a pesar de todo, se controla. ¿Cómo no podía ver yo en aquellas palabras una clara referencia a lo que albergaba vuestro corazón? ¡Me estabais diciendo que me amabais, pero que debíais embridar ese amor porque era una pasión prohibida!

¡España! —pensó el *commendatore*—. ¡Qué obsesión había tenido siempre por España y por su lengua la rubia Lucrezia! ¡Y qué pasión la de los españoles por Italia! Recordó haberlos visto recorrer las calles de Roma como si surcaran los corredores de un santuario, bueno, salvo cuando se percataban de la presencia de mozas del partido en alguna ventana. Sin duda, eran una nación curiosa. La mayoría de los papas los odiaban, pero los hijos de la antigua Hispania se encabezonaban en convertirse en la espada privilegiada de la Iglesia. ¡Pobrecillos! Eran como un hijo despreciado que se esfuerza por hacer méritos ante un padre que prefiere a otros vástagos. Seguramente, no habían merecido el respeto de la Santa Sede ni una sola vez, aunque algún pontífice lo hubiera fingido para sacarles oro o sangre. Y tampoco tenían mejor opinión de ellos los florentinos, claro que ésos se creían nacidos directamente de la vagina de Eva... No se había parado nunca a pensarlo, pero no le hubiera extrañado que, a diferencia de lo que sucedía con los franceses, a los españoles mantener un pie en Italia les costara mucho dinero, un dinero que nunca conseguían recuperar... Y luego siempre acordándose de su tierra, como la pobre Lucrezia... Sacudió la cabeza y continuó la lectura.

... ¡Me estabais diciendo que me amabais, pero que debíais embridar ese amor porque era una pasión prohibida! Podría haber detenido todo en ese momento, porque, como bien sabéis vos, siempre existe un instante, por fugaz que resulte, en el que todavía entra en el terreno de lo posible tirar de las bridas para evitar que la tentación se desboque. Sin embargo, no lo hice. Por el contrario, os respondí con una carta que concluía con la firma «FF». Aún vuelvo a sentir un temblor que me recorre todo el cuerpo al recordar cómo estampé aquellas últimas letras en el papel. Yo deseaba, soñaba, ansiaba deciros que me agradaba sobremanera aquella correspondencia, pero ni podía ni debía comportarme de esa manera. Aquellas letras decían todo…, si es que erais lo suficientemente inteligente como para captar su significado.

Una sonrisa rezumante de tristeza afloró por un instante a los labios del *commendatore*. Se acarició con la diestra el mentón y, finalmente, formó con ambas manos un soporte sobre el que descansar la cabeza. Cualquiera que lo hubiera visto habría pensado que oraba, pero, en realidad, su corazón se limitaba a recordar.

Roma, 1871

Qué querría decir aquello de FF?, se preguntó Di Fonso a la vez que consignaba el dato en un papel situado a la diestra del texto. Cualquiera sabía. Lo mismo hasta
resultaba algo de relevancia. En cualquiera de los casos, con
lo que llevaba ya leído y anotado podía darse por más que satisfecho. A decir verdad, todo lo escrito por la hija del papa
Borgia constituía una confirmación irrefutable de lo que
ya habían relatado Dante y Boccaccio, Aretino y Maquiavelo,
Della Mirandola y Marsilio Ficino. Había que afrontar los hechos desnudos. No había existido un italiano honrado y culto,
por lo menos desde el Trecento, que no hubiera sabido —y
hasta criticado— el daño inmenso que los papas habían ocasionado a la patria. Dante había confinado a los papas en su
Infierno. Ficino había pedido el final de su poder temporal por
no ser conforme a las Escrituras. Boccaccio incluso había iro-
nizado con la idea de que la Iglesia católica tenía que ser divina porque, dada su corrupción inmensa, incomparable incluso, no existía otra explicación para dar cuenta de su

permanencia. Era irrefutable, absolutamente irrefutable, innegablemente irrefutable que, valiéndose de una autoridad supuestamente espiritual, pero que, en realidad, tan sólo les permitía sustentar su poder político, los papas no habían dejado de buscar alianzas con las más diversas instancias sin tener en cuenta nada que se pareciera mínimamente a la moral natural. Cuando el Imperio alemán era fuerte, se habían aliado con Francia para debilitar a los alemanes; cuando España había dejado sentir su presencia, el papa se había unido a cualquier ciudad de la península itálica y a la monarquía francesa para debilitar a los españoles, y cuando había sido Francia la poderosa, la Santa Sede había tendido su mano a España para que humillara a los descendientes de los antiguos galos. Sí, la política que había seguido cada papa se había reducido a que no hubiera un poder fuerte, ninguno, que no fuera el suyo y para conseguirlo había pactado con cualquiera y, con la misma desvergüenza, había traicionado a cualquiera. La peor parte, por supuesto, se la había llevado su amada Italia. Los Estados Pontificios, felizmente desaparecidos, habían sido como una úlcera gigantesca que había ocupado el centro de la península y que habían impedido la reunificación que habían ansiado todos los hijos nobles del pueblo. Por eso la Santa Sede se había opuesto a la noble empresa de la reunificación con uñas y dientes. ¡Había recurrido incluso al arma formidable de la excomunión, como si estuvieran todavía en la Edad Media! ¡Y, también como en la Edad Media, se había aliado con el emperador, ahora Napoleón III, para lograr el triunfo de sus metas inconfesables! Pero no les había servido de nada. Pedazo a pedazo, los patriotas habían recuperado su amada tierra, deshaciéndose de tiranos y de clérigos.

La última reacción del papa había sido una muestra más de incomparable indecencia. Encerrado en el Vaticano, había convocado un concilio para presionar a los cardenales y lograr que lo declararan infalible. ¡Infalible! Naturalmente, no pocos de los asistentes se habían negado en redondo. El papa había aumentado su poder extraordinariamente durante la Edad Media y la Contrarreforma, pero de ahí a considerar que pudiera ser infalible... ¡Era demasiada desvergüenza hasta para un pontífice romano! Menos mal, estaba convencido de ello, que sus días estaban contados. Con la educación en sus manos, con los jueces favorables a la luz, con el mismo rey visitando las logias, iba a cambiar todo, y lo iba a hacer muy pronto. Muy pronto.

Roma, 1519

C uántas vueltas le había dado a la cabeza para comprender qué significaba aquella letra repetida! ¡Cuántas cábalas había realizado escribiendo, midiendo y pesando las palabras! ¡Cuántas horas había empleado en aquel diabólico ejercicio! Y de repente, cuando estaba a punto de rendirse, de capitular, de aceptar su incapacidad para resolver el acertijo, había comprendido todo. Había sido como un relámpago que rasgara la negrura insondable de la tormenta, como una antorcha que obligara a retroceder a las espesas sombras de la noche, como un chispazo que despedazara la asfixiante penumbra. FF..., FF..., FF... *Fidelitas firmis*. ¡La fidelidad es firme! ¡Claro! ¿Cómo podía haber sido otra cosa? No pudo si no interpretar aquel lema como un claro mensaje de Lucrezia. Si su amor era fiel, sería firme. Si la amaba con firmeza, sería fiel.

La sonrisa del *commendatore* perdió su tono melancólico para adoptar un carácter inesperadamente nostálgico, aunque casi risueño. Sí, ¡qué hermoso es amar cuando se es joven y no existen otros puntos de referencia, otras experiencias, otros pa-

sos que empañen esa belleza! Así, con la sonrisa columpián-
dose en sus labios finos, el *commendatore* abandonó la pos-
tura que había adoptado y reanudó la lectura de la carta.

Vuestra respuesta fue fulminante. Fulminante y doble. A mediados de julio, con muy pocos días de diferencia, me llegaron dos cartas en las que me llamabais
«luz de mi vida». ¡Luz de mi vida! Apenas puedo pensar
en una expresión más hermosa y, a la vez, más sencilla.
Lo que iluminaba, caldeaba, orientaba vuestra vida era,
supuestamente, yo. ¡Qué gratas me fueron aquellas líneas, que releí una y otra vez! Sin embargo, yo sabía bien
que aquellas frases constituían, en realidad, sólo un umbral. O lo cruzaba y me arrojaba en vuestros brazos o
retrocedía y me mantenía fiel a mis votos conyugales.
Yo me empeñé en mantenerme en aquel lugar interme-
dio, en no dejarlo ni hacia una dirección ni hacia la otra,
en perpetuarlo a sabiendas de su precariedad. Porque lo
cierto es que había pasado de las cartas a encuentros más
cercanos y, por ello, más incitantes. Os preguntaréis por
qué lo hice. Confieso que entonces no hubiera recono-
cido la verdadera causa. Es más, habría reaccionado con
cólera ante cualquiera que se hubiera atrevido a sugerír-
mela. Sin embargo, si acepté deslizarme por tan dulce
pendiente, se debió a que ansiaba saber lo que conocen
miles de casadas desde la creación del mundo: el sabor
ignoto de un fruto prohibido que tiene el feo nombre de

adulterio. Seguramente vos, que sois un hombre sabio, estáis al tanto de ese mecanismo que lleva a un grupo de mujeres a censurar con acritud la infidelidad de una de ellas para luego, poco a poco, paulatinamente, ir cayendo, una tras otra, en esa misma conducta que con tanta saña fustigaron. Yo no termino de comprenderlo, pero doy fe de la existencia de tan peregrina conducta. En apenas unos meses, en ocasiones en tan sólo unas semanas o unos días, las estrictas guardianas de la moral más estricta se convierten en una partida carente de límites éticos que rivaliza a la hora de contar sus respectivas aventuras y de ensalzar las hazañas amatorias de sus queridos. Vos, que sois hombre de mundo y que a estas alturas habréis escuchado centenares de historias de ese tipo, estáis más que al corriente de lo que os refiero, pero a mí sólo la cercanía de la muerte me ha permitido enfrentarme con la realidad.

Durante ese verano, con mi consentimiento, por no decir mi aliento y mi impulso, comenzasteis a viajar de Ostellato a Ferrara con cierta frecuencia. Estoy convencida de que ardíais en vuestro interior no menos que el sol agobiante de aquel verano prolongado. ¡Ah, cómo aprovechabais el menor pretexto para acercaros a la corte, para enviarme un saludo, para robarme un par de minutos, para intentar doblegar dulcemente mi voluntad...! Y sin embargo, aunque me halagaba vuestra persistencia, vuestra testarudez, vuestro encabezonamiento, lo cierto es que no estaba yo dispuesta a rendirme. Coquetear, tontear, sonreír, incluso correr el riesgo de caer, todo eso y quizá algo sumado, sí, hasta ahí estaba dispuesta a llegar, pero nada más. Así se presentó el mes de agosto y con el aumento del agobiante calor vino la peste, ese azote inevitable de los lugares insalubres. Con la epidemia, vos también caísteis enfermo.

Enfermo..., sí, era una forma de decirlo, desde luego. Un tanto inexacta, porque la realidad era que se había encontrado a las puertas de la muerte. Los recuerdos que conservaba de aquella época el *commendatore* se reducían a una sucesión confusa de imágenes amarillentas y sensaciones desagradables. Le constaba que, durante aquellos días, había tosido con tanta fuerza que llegó a pensar que se le saldrían los ojos de las órbitas; que había pasado días en un duermevela continuo, y que, en medio de aquellos sueños imperfectos, había contemplado unas sombrías imágenes de hombres bajo forma de pájaros gigantescos. No eran demonios, sino médicos que se colocaban ante el rostro una máscara con forma de rostro de ave cuyo pico afilado, supuestamente, filtraba las malignas miasmas de la letal dolencia. Y entre visión y visión, recordaba haber musitado angustiadas plegarias en las que suplicaba a Dios que le perdonara sus faltas y le prometía que, de verse a salvo, no permitiría que su vida se volviera a malograr en asuntos fútiles. Debió de prometerlo docenas, quizá centenares de veces. Y así, sin saber nunca cómo pudo haber contraído la enfermedad, se vio libre de la suerte aciaga de millares de personas, que expiraron y acabaron quemadas en piras colectivas. Él se había salvado. Sí, no cabía duda. Casi instintivamente se santiguó, y reanudó la lectura.

... Con la epidemia, vos también caísteis enfermo. Me enteré de la dolorosa circunstancia en que os hallabais inmerso gracias a los informes del cojo Strozzi. Lo recuerdo y me parece increíble la prodigiosa tonalidad de gestos exagerados, de tonos estridentes y de modulaciones chillonas que podían brotar de aquel cuerpo pequeño y retorcido. Vos lo conocisteis bien —quizá mejor que yo—, y no os sorprenderá saber que, al escucharlo, mi corazón se sintió retorcido como una sábana escurrida en manos de una lavandera. Sí, de repente comprobé que lo que sentía por vos era mucho más que el placer que se deriva de coquetear. No exagero si os digo que me costó un enorme esfuerzo no echar a correr para descubrir en persona los pavorosos estragos que la horrible enfermedad podía haber ocasionado en vos. Fijé, con la mayor apariencia de frialdad que pude, un día y una hora para visitaros y esperé, consumida por una agobiante inquietud, a que transcurriera cada instante que faltaba para encontrarme con vos.

Aún recuerdo el penoso aspecto que presentabais cuando penetré en la estancia en la que os hallabais. El aire cargado, el mal olor, la oscura penumbra..., sí, todos esos detalles desagradables me vienen ahora de golpe al corazón, como si acabara de salir de aquella habitación hace tan sólo un instante. También debo deciros que nada de aquello, por desagradable que resultara, fue lo que me impresionó. No, yo había visto ya demasiados apestados como para que todo aquello ocasionara mella de consideración en mi ser. Se trató de algo muy distinto. Lo que realmente movió, removió, conmovió mi corazón fue la manera en que me mirasteis. Fue..., ¿cómo deciros? Habría que imaginarse a un niño que se ha soltado de la mano de su madre y está perdido, y que, al final, presa del mayor de los desamparos, ha decidido sentarse en el suelo desnudo y frío a la espera de que regrese en algún momento a buscarlo. Mira a un lado y a otro, presa del temor y del sentimiento de abandono. Entonces, de repente, vislumbra a lo lejos el rostro de su madre y su carita apenada se ilumina. ¡Ha llegado el socorro anhelado! ¡No está solo! ¡El amor y el calor acaban de presentarse! Así precisamente se llenó de una luz clara vuestra faz apesadumbrada cuando os percatasteis de que acababa de entrar en aquella hedionda alcoba. E inmediatamente asomó a la superficie de vuestras pupilas ese brillo especial que sólo proporcionan las lágrimas.

Nunca os lo dije, pero fue aquella mirada, la de esos instantes concretos, la que terminó por doblegar mi corazón para que cediera a vuestros propósitos. Veréis, mi futuro cardenal, son muchos los hombres que me han pretendido y no pocos me han escrito poesías de categoría no inferior a las vuestras. Palabras he escuchado a mares y leído a raudales, y, por supuesto, en los ojos de sus autores he visto el deseo, la pasión, el ansia. Pero aquellos ojos que me miraban como si de mí dependiera, total y absolutamente, la vida... Ay, mi futuro cardenal, eso nunca lo había visto y —debo reconocerlo— nunca lo he vuelto a ver.

No logro recordar de qué hablamos en aquel encuentro, pero aún me parece sentir en la mano vuestros dedos ardientes, que la sujetaban como si en ello os fuera la vida. Yo no podía saberlo entonces y si se me hubiera pasado por la cabeza habría rechazado indignada la mera posibilidad, pero la verdad es que vuestra deplorable debilidad había acabado ya con toda mi resuelta fortaleza. Cuando pudisteis regresar a Ostellato —que fue muy poco después—, yo marché a la villa de Medelana. Sé de sobra que mi traslado estaba justificado porque el clima allí era mucho más benigno que en Ferrara y, sobre todo, porque hasta aquel enclave no había llegado la peste, pero no cabe engañarse a un paso de la muerte como yo estoy. Lo que deseaba, en realidad, era encontrarme en un lugar que se hallara cerca de vos.

Os recuperasteis pronto —gracias a Dios— y, a través de los oficios de Strozzi —una verdadera Celestina, aunque, a diferencia de la española, más ducho en deshacer virgos que en remendarlos—, me invitasteis a compartir un almuerzo. Podría yo haber aceptado la invitación y regresado después a mi villa de Medelana nada más comer. Con esa respuesta cualquier hombre se hubiera sentido satisfecho en su vanidad y yo no hubiera traspasado los límites, no pocas veces tenues, que separan la fidelidad a unos votos sagrados de la trasgresión intolerable. En lo más hondo de mi corazón, vuestra mirada de enfermo ya me había empujado a adoptar una decisión y, sin embargo, de manera un tanto ingenua, pensaba que podría resistir vuestros deseos. Convencida de que podría vencer la tentación, os dije que preferiría sustituir el almuerzo por una colación de tarde, breve y rápida.

Llegué a Ostellato cuando aún relucía, ya cansado y frío, el sol. Vos me recibisteis nervioso. Sí, mi futuro cardenal, lo negaréis, pero estabais tembloroso como un dulce que acaba de ser preparado y aún no se ha metido al horno para que adquiera la debida consistencia. Ay, os recuerdo y casi me dan ganas de echarme a reír. Os presentasteis ceremonioso, cortés, recitando unas frases latinas con una pronunciación que habría provocado que palideciera de envidia Cicerón y que habría causado la encendida aprobación del mismísimo Quintiliano. Sin embargo, lo confieso, nada de aquello me impresionó. Descendí entonces de mi carricoche y os acompañé a aquella casa que a mí, personalmente, no me gustaba lo más mínimo.

Debo reconocerlo. A pesar de que os encontrabais aún convaleciente, estuvisteis extraordinariamente brillante en aquella ocasión. Sí, por supuesto, yo conocía a otros humanistas, a otros maestros del latín y del griego, a otros peritos en poesía y literatura, pero vos…, mi futuro cardenal, vos desplegabais la atracción que se deriva del conocimiento erudito como nunca antes —nunca después— he visto lograrlo a nadie. Y es que, efectivamente, existe una erótica del saber. La del poder la conoce casi todo el mundo, aunque no sea realmente consciente de ello. No se trata de que las mujeres nos movamos por el interés —aunque las féminas que incurren en ese pecado no son escasas—, sino que el que tiene en sus manos el poder es capaz de inyectarnos una sensación de enorme seguridad, de ansiada calma, de querida estabilidad que necesitamos de manera natural. En el fondo, no nos diferenciamos mucho del ave que desea trenzar su nido para proteger en él a sus crías. Eso ansiamos la inmensa mayoría de las mujeres: poder crear un entorno en el que encontrar una tranquilidad lo más sosegada posible en compañía de nuestros polluelos. Un hombre con posibles nos atrae precisamente porque nuestro corazón, más incluso que nuestra razón, se da cuenta de que nos abre ese ansiado camino hacia tan deseable meta. Y no solemos fingir, contra lo que afirman las lenguas maliciosas. Verdaderamente, el viejo cansino se nos convierte en sabio maduro y el feo simiesco en envidiablemente fuerte porque nos infunde sosiego y tranquilidad de cara al futuro.

Sin embargo, esa tan querida paz de espíritu no sólo deriva de tener, poseer o mandar. Muchas de nosotras la hemos descubierto en un hombre del que podemos reconocer que aprendemos, que sabe y que consigue enseñarnos. Ésa es la erótica del saber a la que me refería, y vos la rezumabais como nadie.

Siempre habéis negado —y seguramente hayáis sido sincero— que la vanidad fuera uno de vuestros muchos pecados. Con todo, teníais más razones para incurrir en ella que la aplastante mayoría de los hombres que he conocido y que acompañaban sus conductas con frases semejantes a las plumas que se desprenden de la cola de un pavo real. Vos erais ingenioso, divertido, sagaz y rociabais todo con unas inesperadas gotas de sincera ingenuidad que provocaron mi inmediata ternura. Lo recuerdo todo ahora y me pregunto si fue tan extraño que os amara tanto desde el principio.

Conservo un recuerdo borroso de lo que yantamos en aquella merienda, aunque, a fin de cuentas, yo no había acudido a Ostellato para disfrutar de la buena mesa. Si lo hubiera deseado, a decir verdad, hubiera bastado con que me hubiera quedado en Ferrara aprovechando las elaboraciones deliciosas, incluso sofisticadas, que salían de las cocinas del palacio de mi marido, el duque. Precisamente por eso, cuando, tras la colación, me propusisteis dar un paseo, acepté.

Hacía frío, pero aquel itinerario a solas —que, lo reconozco, nunca debí consentir, nunca— lo recuerdo envuelta en el calor sofocante propio del mes de agosto. Vos charlabais, aunque, lo confieso, no prestaba atención a lo que decíais, desconcertada por las poderosas sensaciones en las que me hallaba sumida. Y entonces noté que, fugazmente, me tocabais la mano. ¿Por qué no la retiré? No pienso articular la menor excusa. No lo hice porque deseaba que la retuvierais, porque quería notar la calidez de vuestros dedos y la suavidad de vuestra piel, porque —no lo oculto— ansiaba que no os detuvierais en mi mano. Incluso, como si no diera importancia a lo que sucedía, os agarré del brazo de una manera que aparentaba ser meramente afectuosa, que podía tomarse como simple muestra de confianzuda cercanía; porque, a lo sumo, hubiera podido tomarse por uno de mis coqueteos.

Por supuesto, me estaba entregando al peligroso juego que pretende trazar esas barreras ficticias entre hombre y mujer que, supuestamente, nunca —no, nunca— se van a ver franqueadas. La realidad, sin embargo, es que ese arriesgado comportamiento se reduce a una forma de autoengaño, porque no puede ocultarse que el corazón grita, chilla, brama como un ciervo que olfatea las aguas ansiando que el otro —el otro, no uno mismo— salte esas vallas supuestamente inexpugnables.

Fue en ese momento cuando, sin soltaros de mi brazo, acercasteis vuestros labios a mi rostro con la intención nada oculta de besarme. No os lo consentí. Me aparté —sin soltarme, pero me aparté— y os reproché que vuestro comportamiento no era el adecuado. Oh, sí, recuerdo que incluso inicié una diatriba afirmando que no debíais pasar de un límite, y que si incurrierais en semejante conducta tendría que afrontarlo como un acto hostil que no podría soportar ni tolerar. Seguramente, yo misma deseaba creer las palabras que salían de mi boca molestamente temblorosa.

Desde luego, vos no las tuvisteis en cuenta. Por el contrario, sonreísteis de manera suave y pícara, de esa forma tan peculiar de vos que no llegaba al descaro y quizá ni siquiera era traviesa, y entonces, sin darle la menor importancia, preguntasteis:

—¿Y a quién pensáis pedir ayuda? ¿A vuestro padre, el papa, a vuestro hermano Césare o quizá a vuestro marido?

Sentí un calor horrible emanándome de las orejas al escuchar aquellas despreocupadas palabras. Temía, lo temía más que al horrible fuego del infierno, que hubierais descubierto hasta qué punto me hallaba inerte ante vos. Me desasí de vuestro brazo y di un paso aparentemente firme, incluso indignado, para emprender el camino de regreso. ¡Qué ingenua era yo, mi querido *commendatore!* Como si pensara que podía protegerme de vos, incluso coloqué entre nosotros un bolsito recamado que solía llevar encima en casi todas mis salidas. Sí, aquel pedacito de cuero delicadamente repujado y adornado de exquisitas perlitas debía ser el infranqueable baluarte tras el que defendiera mi fidelidad conyugal de vuestros asaltos.

Se podía contemplar ya la casa cuando sugeristeis que descansáramos un momento. No debía haberlo hecho. Por el contrario, tenía que haber insistido en continuar caminando hasta alcanzar el refugio de mi carricoche y emprender el camino de regreso. Sin embargo, de nuevo cedí.

A esas alturas, era tanto el sofoco que me embargaba que apenas disfruté de la sombrecilla amable de aquel árbol frondoso al que nos acercamos en busca de alivio. Por el contrario, sujetando el bolso diminuto como si fuera un escudo tras el que defender mi virtud, intenté ocultar la profunda desazón que me embargaba. En comparación con mi marido, el duque de Ferrara, no erais un hombre alto y, sin embargo, me parecíais mucho más impresionante de lo que él hubiera podido resultarme jamás. ¡Vos tan grande y fuerte, yo tan débil y asustada!; ¡vos tan seguro y determinado, yo tan temblorosa y amedrentada!; ¡vos tan resuelto y decidido, yo tan trémula e indecisa! Sí, claro que era ya la tercera vez que había pasado por la ceremonia nupcial, pero ¿qué tiene que ver el matrimonio con conocer la pasión y sentir las dentelladas del deseo? Y entonces, cuando pensaba que en unos instantes me vería libre de vos y podría celebrar con orgullo el haber logrado vencer la tentación, retirasteis el bolso y me besasteis.

Esta vez no me resistí. ¿Cómo hubiera podido hacerlo si lo único que sentía en aquellos momentos era una profunda admiración por vuestra audacia y se habían disuelto el deseo de no ceder al deseo y el ansia de no doblegarme ante mi ansia y la angustia de no sentir angustia por aquel acto dirigido contra la base misma de los votos que había pronunciado ante el altar?

Honradamente tengo que deciros que no sé hasta dónde me hubiera podido dejar arrastrar aquella tarde, al lado de aquel árbol, bajo aquella sombra inhóspita, ante la mirada de un sol en retirada, si vos hubierais insistido. Pero no lo hicisteis.

Roma, 1519

*A*bandoné la casa de Ostellato sumida en un sofocante torbellino de sensaciones encontradas. Por supuesto, soy muy consciente de que debería haber sentido culpa y haber tomado la resolución de no volver a pecar. Quizá incluso resultó así, pero, de ser ése el caso, aquellos sentimientos obligados por la moral quedaron diluidos en otros que me abrasaban hasta llevarme a temer el riesgo de verme consumida. Por primera vez en mi vida —sí, creedlo, por primera vez— me había acercado a lo ilícito, y no sólo no me repelía, sino que me llenaba hasta rebosar de un placer cálido y desconocido.

Durante los días siguientes —puedo ahora reconocerlo— aguardé la aparición del cojo Strozzi e incluso fantaseé con la idea de que si tardaba en recibir noticias vuestras era precisamente porque las debía transmitir un personaje herido por la Naturaleza. ¡Qué eternas me resultaron aquellas horas en que ansiaba contemplar la entrada del Mercurio cojitranco en mis plácidos aposentos de la villa de Medelana para traerme una misiva, un billete, siquiera unas palabras que procedieran de vos! Pero la tierra parecía haberse tragado a aquel humanista más cercano a la caliente Venus que a la sabia Atenea.

Sí, se dijo el *commendatore*, el tiempo era extraordinariamente engañoso en su transcurso. Las horas sufridas bajo una enfermedad, soportadas escuchando a un predicador aburrido o sometidas a una conversación tediosa resultan eternas. Las pasadas en los brazos de una mujer hermosa, transcurridas en una amable lectura o vinculadas a una grata conversación son tristemente efímeras. El sol parece correr a toda velocidad en estas últimas, mientras que en las primeras se diría que se ha detenido en el firmamento, negándose a proseguir su curso. Ahora, sin embargo, lo peor no era que el tiempo transcurriera de diferente manera. Era simplemente que ya apenas quedaba tiempo.

… Pero la tierra parecía haberse tragado a aquel humanista más cercano a la caliente Venus que a la sabia Atenea. Con todo, al final, en contra de cualquier ley humana y divina y, por supuesto, de las normas más elementales de la prudencia, logré volver a veros. Quizá hubiera sido lógico esperar que me abordarais o que, de lo contrario, sintierais vergüenza por lo acontecido, pero no descubrí indicio de ninguna de esas dos actitudes en vos. Estoy convencida de que os sentíais tan insultantemente seguro como siempre, como si me conocierais desde hacía décadas y supierais mejor que nadie cómo tratarme, como si tuvierais no menos de cuarenta años y desbordarais de experiencia a la hora de tratar con mujeres, como si leyerais en lo más recóndito de mi corazón y adivinarais mi inclinación. Tuve yo que dar el primer paso y opté por hacerlo regresando a la villa que Strozzi había puesto a vuestra disposición en Ostellato.

Debo deciros que abrigaba la intención de que mi visita constituyera una sorpresa total. No os avisé de mi llegada e incluso entre mis sirvientes guardé una absoluta discreción sobre mis planes. Así, una mañana, al alba, salí de Medelana con destino a esa casona cuyo uso y disfrute debíais al rijoso cojo. Hacía fresco, de eso estoy segura. Sin embargo, no creo que me importara. A decir verdad, sentía un calor tan grande que me envolvía, amén de aquella sensación de albergar mariposas en el estómago, que no me percaté del relente, aunque, me atrevo a decirlo con seguridad, tenía las manos y los pies helados. El viaje me resultó eterno y cuando, finalmente, pude divisar a lo lejos la casona, la emoción fue tanta que a punto estuve de quedarme sin aliento. Con la mayor autoridad de la que fui capaz, ordené al cochero que se detuviera y bajé del vehículo. Bajo ningún concepto estaba dispuesta a que os apercibierais de mi llegada.

Había comenzado a recorrer el breve trecho que me separaba de vuestra morada cuando, inesperadamente, me asaltó la pregunta de si no estaríais durmiendo. Miré entonces inquieta la fachada del edificio, somnoliento y triste, y descubrí que la dependencia donde trabajabais habitualmente se encontraba iluminada. La contemplación de esa lucecita, que contrastaba con aquellos muros espesos sumidos en un sopor gris, me infundió un nuevo pujo de nerviosismo. ¿Acaso estabais trabajando mientras todos dormían? ¿Podría acaso contemplar cómo os sumergíais en aquellos textos griegos y latinos que tanto os gustaban? ¿Os hallaría relacionando textos de Platón y de san Pablo? Formulándome nerviosa esas preguntas, llegué a la puerta de la casona verdaderamente sin aliento, no tanto porque hubiera caminado deprisa, sino porque la emoción me atenazaba impidiéndome respirar con soltura.

La entrada no estaba cerrada. Creo que esa circunstancia era una de las pocas cosas buenas que se le podía agradecer a mi marido, el duque. Gracias a su más que conocida severidad, a nadie se le habría ocurrido asaltar aquella casa perteneciente a un cortesano tan conocido como Strozzi. A decir verdad, nadie se hubiera atrevido siquiera a llevarse un queso o a robar un pellejo de vino. Crucé el umbral y entonces una gelidez inesperada se apoderó de mí. Pensé en ese momento que los rumores que corrían sobre vuestra inclinación por el frío eran ciertos, aunque —¿quién sabe?— pudo todo ser fruto de mi zozobra, ese tipo de zozobra que, en ocasiones, detiene el latido del corazón y el flujo de la sangre, permitiendo que los humores helados dominen nuestro cuerpo. Quizá fue aquella destemplanza la que me llevó, por un instante, uno tan sólo, a barajar la posibilidad de dar la vuelta, de marcharme, de huir de aquella situación en la que estaba entrando sin que nadie —nadie, ni siquiera vos— me empujara. Pero se trató apenas de un suspiro, de un abrir y cerrar de ojos, de un soplo. Lo más sigilosamente que pude, me dirigí hacia la escalera. Di los pasos a la vez que contenía la respiración, temiendo que incluso el aire que salía refrenado de mi nariz pudiera avisar a los criados de mi cercanía. Fue así como, todo lo sigilosa que pude, coroné el ascenso y me dirigí, envuelta en mal controlado temblor y silencio casi absoluto, hacia vuestro estudio. Una mancha de luz amarilla semejante a una tajada de queso salía de la silenciosa dependencia rasgando irregularmente la espesa oscuridad del umbroso corredor. Una vez más sentí la desazonadora dentellada del miedo y tuve que detenerme en el pasillo y apoyarme en la pared por miedo a no ser capaz de continuar. Me llevé instintivamente la mano al pecho y comprobé horrorizada que me latía el corazón con tanta violencia que parecía pugnar por escaparse de su lugar. Respiré hondo buscando, infructuosamente, una serenidad que me había abandonado tiempo atrás en aquel mismo Ostellato. Ya no estaba a mi alcance —o al menos así quise yo creerlo— el dar marcha atrás.

Nunca podré olvidar cómo os vi en aquellos momentos. Teníais la cabeza inclinada sobre un libro de más que regulares dimensiones. Mientras que seguíais con vuestro índice izquierdo una de sus líneas, con la diestra tomabais notas. ¿Cómo ibais a daros cuenta de mi cercanía? A decir verdad, creo que ni un despiadado terremoto hubiera sido capaz de arrancaros del estudio en que os hallabais sumido. De hecho, al no haberos percatado de mi llegada, resultó fácil deslizarme hasta vuestro sillón y sentarme en uno de sus brazos. No os descubro ningún secreto —y espero no causaros ningún escándalo— si os digo que, a lo largo de los años, he colocado mis ahora ducales posaderas en el trono del sumo pontífice, en los de más de un soberbio monarca y en los de infinidad de nobles menores, incluido mi marido, el duque de Ferrara. Pues bien, mi amado *commendatore*, ninguno de esos asientos me resultó tan dulce y acogedor como lo fue en aquellos instantes el angosto brazo de vuestro sillón.

No me dio la sensación —¿me equivoco acaso?— de que parecierais sorprendido por mi presencia. Por el contrario, al sentirla, os volvisteis suavemente y esbozasteis una sonrisa. Esta vez vuestro rostro no fue el de un niño extraviado que acaba de descubrir a su madre en medio de la multitud. Se trató, por el contrario, del propio de un hombre rebosante de aplomo. ¡Oh, qué seguridad la vuestra! ¡Qué intolerable certeza! ¡Qué insoportable y atrayente podíais resultar a la vez! Con mi mano izquierda os torcí dulcemente la cabeza para que siguierais escribiendo, para que no os dejarais distraer por mí, para que me concedierais un instante en que pudiera sosegarme. Traducíais —no podré olvidarlo nunca— de un texto latino, pero cualquiera hubiera dicho que copiabais de una página escrita en sencillo toscano. De hecho, no teníais que consultar vocabulario o diccionario para descifrar aquellas líneas que yo apenas conseguía leer perdiendo el significado de esta palabra o aquella otra o preguntándome cuál era el orden exacto de las palabras.

Durante unos instantes, quizá breves, pero eternos para mí que los forzaba, perseverasteis en vuestra traslación de la lengua de Cicerón y entonces, al fin y a la postre, volvisteis a mirarme casi como suplicando que os permitiera darme la bienvenida. Yo, que ansiaba creer que no me dominabais totalmente, insistí en que siguierais trabajando y procuré imprimir un cierto tinte de autoridad a mi voz.

Así lo hicisteis tras esbozar una sonrisa y yo, al veros volcado en esa erudición incalculable que os adornaba con la misma naturalidad con que el pelo, los senos o los ojos sirven de ornato a una mujer hermosa, experimenté en esos instantes una intimidad extraordinariamente especial con vos. No fue menos intensa —os lo puedo jurar— que la que hubiera sentido de hallarme tendida en el lecho a vuestro lado permitiendo que acariciarais todo mi cuerpo. Y entonces vos, como si pudierais sondear las profundidades más arcanas de mi corazón, me dijisteis que no podíamos ser amantes. No. No fue así exactamente. En realidad, afirmasteis con esa seguridad que tanto me abrumaba y me desbordaba, e incluso podía llegar a desesperarme, que no queríais que fuéramos amantes. Me lo dijisteis aquella misma mañana...

—*Signora*, no deseo que nos convirtamos en amantes.

Comprendíais todo, precisamente lo que yo me negaba a entender a pesar de que era lo que me había arrastrado desde Medelana a Ostellato. En ese mismo momento, podría haberme enfadado —o, como mínimo, haberlo fingido— y haberos arrojado a la cara, como si de un escupitajo se tratara, una dignidad que se sentía ofendida no por lo que acababais de rechazar, sino porque acababais de rechazarlo. Pero yo nunca he sido mujer dada a dobleces. No es lo que aprendí ni siquiera al lado de mi padre, el papa Alejandro, ni en la cercanía de mi hermano Césare. Enrojecí —estoy segura de ello— hasta la raíz del cabello y os pregunté la razón de vuestras palabras.

—*Signor* Bembo... —apenas acerté a decir—, ¿qué os hace pensar que...?

No me dejasteis acabar la pregunta. Depositasteis vuestra diestra en mi mejilla y, sonriendo, dijisteis:

—*Signora*, ¿acaso pretendéis decirme que habéis llegado hasta aquí, a estas horas, para instruiros en la lengua de Salustio o iniciaros en la de Homero?

—Sois un descarado... —Intenté protestar e incluso levantarme para apartarme de vos, pero una fuerza que escapaba a mi control me había dejado clavada al brazo del sillón.

—*Signora* Lucrezia —señalasteis en un tono teñido por la disculpa—, no existe nada más lejos de mi ánimo que el causaros no una ofensa sino incluso el menor pesar. Pero tanto vos como yo somos personas ya crecidas. Bueno, *signora,* si las cuentas no me fallan andáis ya por vuestro tercer matrimonio...

No, las cuentas, mi futuro cardenal, no os fallaban, pero tres matrimonios, que pueden significar mucho, también pueden no decir nada, y ése, aunque vos lo ignorarais, era mi caso.

—... Y vos tenéis una relación... amorosa con una mujer casada y, al parecer, pensáis que todas las casadas somos como ella... —respondí reprimiendo a duras penas la cólera que, de manera sorda, comenzaba a apoderarse de mí.

Recuerdo aquellas palabras mías y no puedo evitar un sentimiento de agudo malestar. Me había dolido lo que acababais de decir y pretendía clavaros el retorcido aguijón de mi ardiente despecho para que sintierais un dolor siquiera aproximado al mío. Reconozco que mi conducta estuvo mal, pero me sentía tan descubierta, tan expuesta, tan desnuda ante vos que me resultaba insoportable. Por un instante, vuestro rostro, siempre risueño o pensativo, pareció acusar el impacto de un inesperado golpe e incluso me pareció que palidecíais. Me sentí inmediatamente culpable por el daño que hubiera podido causaros, pero ¿quién podía recuperar aquellas palabras ya lanzadas al aire?

—*Signora* —dijisteis con un tono de voz embargado por el pesar—, es cierto que fui en otro tiempo…, hasta no hace mucho, a decir verdad, amante de una mujer casada. No tengo la menor intención de ocultaros o de disculpar ese grave pecado del que me arrepiento, por el que he pedido perdón a Dios y en el que no deseo volver a incurrir jamás. Entendedme, vos…, vos…

No me cabe duda de que deseabais de todo corazón que en aquel momento me apartara y conmigo se desvaneciera la tentación de quebrantar uno de los más claros mandamientos de la Ley divina. Sé que era así, pero lo cierto es que no llegasteis a concluir la frase. De un salto, os pusisteis en pie y me rodeasteis con vuestros brazos. Antes de que pudiera trazar el menor gesto, de que pudiera decir la palabra más breve, de que pudiera siquiera abrir los labios, los habíais encontrado con los vuestros y habíais comenzado a besarme. No me resistí. No lo hice ni en ese instante ni cuando comenzasteis a recorrer mi cuello con las manos y la boca, ni cuando me mordisteis suavemente en algún lugar situado ya cerca del hombro, ni tampoco cuando repetisteis esa misma acción en torno a mi mentón.

Ninguna de aquellas zonas de mi cuerpo era indecente o pudibunda. Yo sé, sin embargo, que con aquellos gestos limitados en el mapa de mi cuerpo de manera que ni me rozasteis los senos, las caderas o la cintura lo encendisteis como no lo había hecho ninguno de mis maridos, incluido el mujeriego duque de Ferrara.

Si en aquellos momentos, mi amado cardenal, hubierais querido someterme a vuestros deseos, absorberme en vuestras ansias, poseerme, por completo, no hubiera sido capaz de interponer la menor resistencia. Porque lo cierto es que yo sólo deseaba consumirme en aquel ardor casi sofocante que manaba de los lugares donde habíais depositado la boca o las manos y que se extendía por todo mi ser como los cálidos rayos del sol se deslizan incontenibles por la gélida superficie de la tierra. Pero no pudo ser. De repente, os apartasteis de mí como si hubierais tocado un hierro al rojo y dijisteis:

—*Signora*, creo que debéis regresar a vuestra casa.

Roma, 1519

R egresé a Medelana con el vientre rebosante de unas mariposas enloquecidas que no dejaban de revolotear y agitarse. Seguramente, no os sorprenderá saber que aquella noche no pude conciliar el sueño, y lo mismo sucedió a la siguiente y a la que vino después de aquélla... Me agitaba en el revuelto lecho como si una fiebre extraña, maligna e invencible se hubiera apoderado de mí causándome un insoportable tormento. Bebía sin cesar, me arrojaba agua a la cara, me abría el cuello de la vestimenta e incluso me remangaba, pero de nada servía porque el fuego que me consumía se hallaba en mi alma y no en un lugar concreto situado sobre o bajo la piel. Sin poderlo evitar, a lo largo de la mañana, de la tarde, de la noche, una u otra parte de mi cuerpo volvía a encenderse tan sólo a causa del recuerdo de aquellos instantes brevísimos en que me habíais abrazado. Por supuesto, podría decir que simplemente era presa del deseo, pero semejante afirmación no se correspondería con la verdad. Lo que sucedía era que, de repente, había descubierto que un hombre podía ser muy diferente de lo que yo había conocido hasta entonces.

De mis breves, brevísimos años de infancia, recordaba a muchachos inquietos, mocosos y llenos de granos; de mi adolescencia, concluida apenas había comenzado a florecer, me venía a la cabeza un primer matrimonio aburrido y frío; del acceso a una feminidad madura, podía rememorar un segundo enlace que, quizá, hubiera sido susceptible de depararme algo de gusto y placer, pero que había concluido empapado en sangre por razones de Estado que no había terminado de comprender con el paso del tiempo. Por lo que se refería a mis terceras nupcias..., ah, en esos momentos hubiera preferido ser violada por un grupo de campesinos sucios a entregarme de nuevo al duque. Gracias a Dios —¡sí, a Dios, mi querido *commendatore!*—, mi marido andaba esos días ocupado en otros entretenimientos, zascandileaba entre otros brazos más numerosos que los del gigante Briareo, pisoteaba una y otra vez el voto de fidelidad, pero esa circunstancia me había otorgado un respiro.

Por supuesto, en mi búsqueda de un alivio siquiera momentáneo, intentaba leer, escuchar música, distraerme, incluso danzar, ese placer dulce que tanto me atrae, incluso ahora que apenas me queda un tramo para llegar hasta el umbral de la muerte. Justo es reconocer que de todo aquello no lograba extraer el menor gusto. Recorría con ojos febriles los sentidos versos de Petrarca y me parecía un mentecato comparado con vos; escuchaba un madrigal bien templado y se me antojaba desabrido si lo contrastaba con el sonido de vuestra voz, e incluso si brincaba con una gallarda me decía que mucho más hubiera deseado saltar a vuestros brazos.

Ni siquiera los consuelos de la religión, en los que vos sois ahora un verdadero perito, me sirvieron de mucho. Miraba el gesto lánguido de la Madonna y pensaba —es una irreverencia, lo sé— que no menos triste debía de ser el mío; observaba las llagas de Nuestro Salvador y me decía que si vos fuerais herido, seguramente no permitiríais que acudiera a socorreros; meditaba en el destino final de las almas y me decía que yo sólo ansiaba pasar la eternidad a vuestro lado.

Ayuna de aliento y sueño, temerosa incluso de caer enferma, una tarde decidí confiar todas mis ardorosas congojas a un sacerdote. ¿Creía realmente que el tribunal de la penitencia sería capaz de sosegar mi alma? Quizá, pero estoy convencida de que, por encima de todo, buscaba poder descargarme del peso insoportable que me oprimía hasta cortarme la respiración. Se trató de una experiencia —¿cómo diría yo?— profundamente frustrante. De entrada, el clérigo apenas acertó a ocultar su sorpresa cuando supo que no había violado jamás los sagrados votos del matrimonio. Aún me parece contemplar su ceja izquierda levantada en un gesto que parecía gritar algo así como: «*Signora,* ¿es cierto lo que contáis o me estáis tomando por un estúpido?». Al final creyó mis palabras, pero estoy convencida de que, seguramente experimentado en este tipo de agonías espirituales, no tuvo la menor confianza en mi firmeza futura. A decir verdad, más que llamarme a perseverar en la castidad conyugal, me insistió en que si, Dios no lo quisiera, tronchaba mi honrosa trayectoria de años, el Altísimo sabría acogerme entre sus brazos amorosos. ¡Enorme confianza la que tenía aquel hombre en la castidad de sus feligresas! Pero no deseo ser injusta con aquel confesor. Imagino que vos, mi querido *commendatore,* que ahora estáis entregado totalmente a la tarea de limpiar la Iglesia de inmundicias, os sentiréis un tanto perplejo al saber lo clemente hacia el adulterio que se mostró aquel hombre. Yo pienso que, simplemente, desde mucho tiempo atrás, había abandonado cualquier esperanza de que los simples mortales se rigieran por principios morales buenos, pero, al fin y a la postre, quizá demasiado elevados para ellos. Ahora, no por descarnado cinismo realmente, sino por experimentada compasión, me tendía la mano del perdón incluso antes de que hubiera llegado a perpetrar el pecado.

Lo más terrible es que de nada servía aquella conducta de alma derrotada por la innegable realidad. A fin de cuentas, vos me habíais dicho que no deseabais que fuéramos amantes —¡a mí, que nunca había copulado fuera de los sagrados límites del matrimonio!— y os habíais mostrado aún lacerado por las heridas espirituales procedentes de pecados pasados. ¿Qué me cabía, pues, esperar?

En aquellos días de agobiantes ardores, más de una vez ansié que apareciera Strozzi con noticias vuestras. Sin embargo, el pobre cojo no hizo acto de presencia por Medelana. Quizá, pensé, había sido advertido por vos y no deseaba disgustarme comunicándome que, tras arrojarse tanta leña al fuego, no podría caldearme en él. Yo no lo sabía y tampoco di un solo paso para averiguarlo. Fuera como fuese, con Strozzi ausente, me sentía agitada como una débil barquilla a la que empujan desconsideradamente los vientos más crueles y diversos. A una hora del día, me abrasaba recordándoos; a la siguiente, os odiaba por encender una llama que no estabais dispuesto a calmar con vuestro amor; una más allá, me interrogaba cruelmente deseando saber por qué me habíais solicitado para luego rechazarme cuando yo me había mostrado dispuesta a entregarme por completo. No lo entendía entonces y, sin embargo, con el paso del tiempo, creo haberlo comprendido. Seguramente, también vos os agitabais entre la Scila del deseo carnal y la Caribdis del ansia espiritual. Hubierais deseado —permitid que así lo crea— ser casto sin angustia o ser lujurioso sin culpa, pero la Providencia no os había concedido ni una posibilidad ni la otra. Quizá el Altísimo pensaba —perdonad el atrevimiento de especular sobre la mente de Dios— que ya os había otorgado demasiados dones como para concederos además el pecar sin preocupación o el ser virtuoso sin desgarros.

Durante algunos días, que me parecieron tan largos como siglos, esperé alguna señal de que deseabais volver a verme, pero no llegó ninguna, y al final, una mañana, decidí ser yo, una vez más, la que diera el primer paso y visitaros. Una mujer más experta en sutilezas, en infidelidades, en diplomacias —lo que yo no era a pesar de los injuriosos y soeces rumores que difundían los enemigos de los Borgia entre el vulgo—, hubiera dado con un argumento adecuado, incluso convincente, para acercarse una vez más a Ostellato, pero yo no contaba con esa experiencia y me limité a ordenar que prepararan el carricoche.

Durante días, había estado devanándome los sesos sobre la excusa más verosímil que podría esgrimir ante vos para volver a veros. Por supuesto, como la esposa de Putifar, la perversa egipcia que soñó con poseer la belleza del casto José, en mis manos hubiera estado amenazaros con una denuncia falsa ante mi marido si no cedíais a mis deseos. Sin embargo, bajo ningún concepto ansiaba yo que capitularais de esa manera. Yo deseaba veros rendido, sí, pero por un amor que surgiera de vuestro corazón y no por el temor que brota de la perspectiva de la tortura o de la muerte.

Al final, tras darle muchas vueltas, decidí que os visitaría con el pretexto —sí, pretexto, sabía que era un mero pretexto— de que deseaba proporcionaros algo de diversión y alegría en medio de una existencia de estudio y trabajo que debía rezumar, siquiera en algunos momentos, tedio. Por supuesto, sabía yo de sobra que tal aburrimiento no existía, pero, considerado todo con el paso de los años, ¿se me hubiera podido ocurrir una excusa mejor? Yo puedo decir con limpieza de corazón que todavía ahora no logro que se me pase por la cabeza una tontería que pudiera resultar más verosímil.

Os hago gracia de relataros con detalle la manera en que mi corazón se golpeaba desesperado contra la tabla del pecho como si deseara escapar y correr a vuestro encuentro antes que el resto de mi cuerpo. Eso debéis imaginarlo y, conociéndoos como os conozco, sé que no os costará mucho.

Sí es posible que recordéis la manera en que entré por segunda vez en vuestro gabinete de Ostellato. Hubiera yo querido repetir la sorpresa de la vez anterior, pero no fue posible. Una criada vieja, desdentada y cotilla comenzó a gritar que se acercaba mi carricoche cuando me hallaba a más de cien pasos del casón. De buena gana —lo confieso con cierta vergüenza— hubiera ordenado que azotaran a aquella Erinia, pero de nada hubiera servido. Si la habíais oído —¿habría alguien que no lo hubiera hecho en una legua a la redonda?—, poco iba a sorprenderos.

Reprimiendo una ardiente sensación mezcla de cólera y desilusión, volé más que subí por encima de los peldaños que conducían a vuestra dependencia, y entonces…, ah, mi amado, amadísimo *commendatore,* entonces os vi a medias asomado a la puerta de aquel cubículo donde pasabais horas y horas entregado al estudio y a la erudición. Por un instante, temí que os mostrarais frío, esquivo, desdeñoso. Oh, sí, sentí pánico ante la idea de que me rechazarais. Y entonces capté a la perfección la expresión de vuestro rostro.

¿Cómo describir con sencillez y, sobre todo, con exactitud lo que se daba cita en aquella cara? Ah, no exagero un ápice si digo que todo vos os habíais asomado a aquellas facciones como un joven lo haría al alféizar de la ventana para contemplar a su amado. No estabais irritado, ni colérico, ni enfadado. No. En aquellos ojos, en aquellos labios, en aquellos pómulos se reflejaba la expresión del niño al que se le anuncia que el objeto más deseado en sus sueños se le va a entregar en unos instantes y, en ese justo momento, no sabe si reír, si romper a llorar o si ponerse a saltar. Y en aquellos ojos, en aquellos labios, en aquellos pómulos descubrí, sin género de duda alguno, que me amabais de la misma manera en que yo os amaba a vos.

Recordaréis —aunque quizá os hayáis esforzado por olvidarlo— que cubrí de dos zancadas la escasa distancia que nos separaba y entonces me quedé parada ante vos, como si deseara que me confirmarais lo que me gritaba a voces el corazón. Lo hicisteis. Me rodeasteis con vuestros brazos y buscasteis mi boca con la vuestra. Lo demás seguro que no necesito recordároslo.

Roma, 1519

No puedo evitar ruborizarme al recordar el tiempo que ha llevado siempre a mis damas de compañía despojarme de mis atavíos y compararlo con la forma tan extraordinariamente rápida en que entre vos y yo los desatamos y arrojamos al suelo aquella mañana. No creo que si los hubiéramos rasgado con una daga se hubiera podido acelerar más aquel indispensable proceso.

Yo estoy próxima a la muerte —con un pie en el estribo, como decían mis antepasados españoles— y vos sois un *commendatore* entregado de todo corazón a la tarea de vencer a los enemigos de la Iglesia y de purificar lo que mancillaron durante siglos personajes como mi padre —sí, os lo concedo..., como mi padre—, y, siquiera por esas dos razones, no deseo extenderme demasiado en el recuerdo de los detalles íntimos de aquel día y de los siguientes. Sí puedo deciros que para mí aquella sucesión de besos infinitos, de abrazos inacabables, de caricias interminables, todo ello nunca experimentado, al menos con esa intensidad, constituyeron el gozoso descubrimiento de que sabía quién era yo gracias precisamente a vos. El vello de los brazos se me eriza —¡incluso en medio de esta enfermedad que me corroe!— al recordar que, de la manera más inesperada, las palabras más triviales adquirieron un sonido —y un sentido— insospechado cuando vos las susurrabais a mi oído.

Ah, mi amado *commendatore,* tras amaros y sentir que me amabais, ni la luz, ni los sabores, ni las tonalidades volvieron a ser los mismos que había conocido a lo largo de mi vida. Tampoco fueron iguales las sensaciones relacionadas con lo que era importante y lo que resultaba baladí. Relevante pasó a ser dormirme enlazada a vos y amanecer abrazada a vos; insignificante era lo que pudieran pensar los criados; relevante era que calmarais con las yemas de vuestros dedos la inagotable sed que me atormentaba, e insignificante era que mi marido, infiel hasta la médula, viera coronada su testa ducal; relevante era escuchar los versos que escribíais con la intención de describir nuestro amor, es decir, lo indescriptible, e insignificante era que no lo consiguierais, porque sólo alguien sobrehumano habría tenido esa capacidad.

Me cuentan que algunas personas entregadas a la pasión amorosa llegan a enmudecer y sólo anhelan satisfacer su deseo, sin atender a otro tipo de necesidades por perentorias que sean. A nosotros, por el contrario, el amor nos convirtió en locuaces. Sí, locuaces y también inquisitivos. De repente, seguramente sin haberlo pensado y mucho menos reflexionado, comenzamos a arrojar sobre el otro una cascada inacabable de preguntas. Deseábamos saber cómo había sido nuestra infancia y cuáles eran nuestros gustos y qué poetas nos agradaban más, pero, por encima de todo, ansiábamos conocer el lugar que ocupábamos en la historia amorosa del otro. ¡Como si el amor fuera un certamen de guerreros! ¡Como si se tratara de una acumulación de logros semejante al caudal que junta, moneda a moneda, un diligente mercader! ¡Como si se pudiera competir con el pasado, que, por su propia condición, jamás regresará! ¡Ay, mi futuro cardenal, qué equivocados estamos los mortales en tantas de nuestras apreciaciones!

Recuerdo aquel día —el segundo de nuestra mutua, deliciosa e incansable entrega— en que me preguntasteis mi opinión sobre vos como amante. La pregunta era absurda, siquiera porque acabábamos de amarnos y yo había quedado totalmente exhausta, envuelta en esa sensación inigualable —y, a la vez, imposible de describir— que embarga a un cuerpo cuyo deseo ha sido saciado desde la raíz del cabello hasta la punta de los pies. Obvio resultaba que había gozado extraordinariamente de vuestro talento amoroso, ¿qué más podía dar qué puesto os otorgaba entre los hombres que me habían poseído?

—Sois un amante excelente —musité, pero mi respuesta, aunque era de todo corazón, aunque resultaba sincera, aunque sólo podía ser verdad, no os satisfizo.

—No es eso lo que os he preguntado —me recon-
vinisteis entonces mientras sonreíais con aquel gesto tan
propio de vos y que me llevaba siempre a pensar en un
niño grande.

—Bueno —comencé a deciros—, he estado casada
tres veces y…, ¿cómo os diría yo? Mis matrimonios han
sido bendecidos por la Santa Madre Iglesia, pero no puede decirse que hayan disfrutado del toque de Venus…

Sonreísteis al escuchar aquellas palabras. No las
creíais, es cierto, pero deseabais hacerlo. Decidí ayuda-
ros en vuestro esfuerzo.

—Como sabéis, mi padre es el papa Alejandro VI
—comencé a decir—. Soy su sexto vástago y el tercero de
Vanozza de' Cattanei, mi madre. Sí, ya lo sé. No hace falta que lo digáis. Mi padre no es un ejemplo de castidad…

—No he dicho nada. —Levantasteis las manos fingiendo protestar.

—Pero lo habéis pensado —repuse, y en aquel momento pude haber terminado la conversación. Estuvo
en mi mano, ciertamente, pero no lo hice. De repente,
fue como si vuestras palabras hubieran abierto una oculta espita que se comunicaba con mi interior más recóndito y yo deseé, quizá sin darme del todo cuenta, que
aquel espeso líquido, fruto macerado de resentimiento
y de amargura almacenado con el paso de los años, saliera a borbotones hasta que no quedara nada.

—Sí —asentisteis con la cabeza—. Lo reconozco.
Lo he pensado muchas veces.

—Nací en 1480, mi amado Pietro. Durante los años anteriores, mi padre había medrado a la sombra de su tío Alonso de Borja...

—... El papa Calixto III... —dijisteis vos, que, por supuesto, conocíais su vida mucho mejor que yo.

«¡Y tanto que lo conocía!», pensó el *commendatore*. Otro español corrompido hasta la médula. Cuando la Iglesia había estado dividida en la fidelidad a dos papas que se lanzaban recíprocamente anatemas y excomuniones, Alfonso Borgia —que era como se llamaba en el mundo Calixto III— se había alineado en el bando de Benedicto XIII, siquiera porque también era español. Obispo de Valencia y luego cardenal, había multiplicado sus protestas de lealtad hasta que pareció claro que Benedicto XIII, el papa Luna, no se saldría con la suya. Entonces Alfonso había cambiado de bando con una sangre fría impresionante. No le salió mal porque unos pocos años después era papa. Le faltó tiempo entonces para nombrar a sus parientes para el cardenalato y otros cargos. La verdad es que no resulta sorprendente que los romanos lo odiaran. Tuvo suerte de morirse a tiempo, porque el mismo día que expiraba en sus aposentos del Vaticano la turba se sublevó contra él. De manera bastante curiosa, no gritaban contra los españoles, como hubiera sido de esperar, sino contra los «odiosos catalanes». La verdad es que la gente de Roma estaba dispuesta a admitir un cierto grado —bastante amplio, dicho sea de paso— de nepotismo, de venalidad, de robo,

pero la conducta de los catalanes —más ladrones, más sober-
bios, más corrompidos que nadie— había resultado excesiva
incluso para unas masas que llevaban años asistiendo a espectáculos vergonzosos de latrocinio y vileza. De no haber
contado los Estados Pontificios con sus tropas mercenarias,
aquello podía haber acabado en un verdadero mar de sangre.

... dijisteis vos, que, por supuesto, conocíais su vida mucho mejor que yo.

—Sí, el papa Calixto III. A mí me hubiera corres-
pondido casarme con un noble español y vivir en España, la tierra natal de mi padre, pero..., pero llegó el año
1492 y cambió todo.

—¿Qué pasó en 1492? —me preguntasteis un tanto
sorprendido, porque no acertabais a dar con la relación.

—Muchas, muchísimas cosas. Los ejércitos españoles concluyeron la Reconquista contra los seguidores
de Mahoma. Se trataba de una lucha que había durado
casi ocho siglos. Por añadidura, un marino al servicio de
España emprendió la búsqueda de un nuevo camino para llegar a las Indias y descubrió un continente desconocido, apenas unas semanas después de que los judíos
fueran expulsados de España, la nación en cuyo seno
habían vivido desde antes del nacimiento de nuestro Salvador...

—¿Qué tiene que ver todo eso con vos? —me interrumpisteis un tanto desconcertado.

—Mucho, querido Pietro, mucho. Mi padre llegó a la conclusión de que tenía poco futuro en una España donde concluía la Reconquista y la gente se preparaba para cruzar la mar océana en busca de un nuevo mundo. La Historia estaba dando un vuelco prodigioso, como si fuera la mismísima rueda de la Fortuna, y temió quedarse descolgado de ella e incluso verse arrojado al abismo. Entonces actuó como muchos antes y después de él. Reflexionó acerca de qué nueva tierra podría acogerlo y decidió que iba a jugar todas sus cartas en la Italia donde se había instalado años antes. No había ya camino de regreso ni existía posibilidad de vuelta atrás. Doy por supuesto que, siquiera a grandes rasgos, conocéis su carrera…

Por supuesto que la conocía. ¿Quién no sabía, siquiera a grandes rasgos, en qué había consistido la carrera del papa Borgia por antonomasia. Nada menos que el reinado de cuatro papas había tenido que esperar para encaramarse al trono pontificio. Ahora bien, no había sido una espera ociosa. En su condición de vicecanciller de la Santa Sede, se había convertido en uno de los cardenales más acaudalados del orbe, tanto que algunos habían considerado que incluso se trataba del más rico. Se decía —y con casi total seguridad era cierto— que, precisamente, esa fortuna le había permitido sobornar a los suficientes cardenales como para que lo eligieran papa a la muerte de Inocencio VIII. Naturalmente, en aquel entonces su trayectoria como pontífice aún no podía ser juzgada, porque retenía, vivo todavía, las riendas del poder en las manos. Pero eso había sido entonces, porque ahora... Se tironeó Bembo las guedejas blanquecinas de la barba y continuó la lectura.

—... Doy por supuesto que, siquiera a grandes rasgos, conocéis su carrera...

—Y vos llegasteis a ser, con el paso del tiempo, claro, una de esas cartas... —dedujisteis, todo hay que decirlo, sin mucha delicadeza.

—Efectivamente —reconocí sin ningún tapujo—. Nada de regresar al solar natal de mi padre, nada de conocer la soleada España, donde crecen las naranjas más dulces y se cultivan mil clases de vides, nada de absorber por las ventanas de la nariz el aroma, que dicen incomparable, del azahar de Valencia. Nada de nada. Lucrezia debía quedarse en Italia y casarse inmediatamente. Tenía trece años, Pietro, trece años, y mi padre decidió entregarme a Giovanni Sforza, señor de Pesaro.

—Estoy seguro de que a vuestro padre no le faltaban razones... —musitasteis en un tono que no terminé de entender.

—Cierto —reconocí—. Las tenía o, más bien, había una. Una sola. Esa razón no era otra que la presunta capacidad militar de Giovanni y su relación de parentesco con Ludovico Sforza, señor de Milán.

—No está mal... —Dejasteis colgar la frase en el aire sin concluirla.

—Sí —reconocí—. No estaba mal. No estaba mal para una alianza política, pero para un matrimonio... En la noche de bodas os diré que no me enteré de nada. A decir verdad, antes de que hubiera podido poner en práctica alguno de los consejos que meticulosamente me había dado mi madre, ya había sido desflorada y Giovanni roncaba a mi lado.

—¿Y después? —preguntasteis con un hilo de voz.

—Después estuvimos casados durante cuatro años y bien sabe Dios que hice todo lo posible por ser una buena esposa, sin que eso excluyera el prestar el débito conyugal cuando se me requería. Pero, si queréis saberlo, no hubo amor, ni placer, ni disfrute alguno.

Una sombra tan negra como el ala de un cuervo descendió sobre vuestro rostro al escuchar aquellas palabras. Creo sinceramente que estabais arrepentido de haber iniciado aquella conversación. Quizá os apenaba mi triste pasado o quizá sólo os dolía no haber sido vos el que me poseyera por primera vez. Lo ignoro. En cualquier caso, quizá por primera vez en mi vida, había comenzado a hablar de aquellas cuestiones y ahora me resultaba imposible detenerme.

—Me casé, como manda la Santa Madre Iglesia, para toda la vida —continué— y por mí no hubiera roto aquel vínculo, a pesar de que ninguna satisfacción derivaba de él. Sin embargo, al cabo de cuatro años, mi padre estaba harto de Giovanni. No sólo es que su fama como soldado no se correspondía con la realidad de los hechos, sino que además existían numerosos indicios de que lo estaba traicionando.

—Por lo que veo, a vuestro esposo no le incomodaba en la conciencia el que vuestro padre fuera el papa... —dijisteis, no sé si sorprendido o irónico.

—No sabría deciros —respondí—. El caso es que mi padre cortó por lo sano y, como era el papa, declaró que nuestro matrimonio era nulo porque nunca se había consumado.

Una carcajada, más nacida de la sorpresa que de la diversión, brotó inesperada de vuestra garganta.

—¿Y Giovanni Sforza lo aceptó? —preguntasteis.

—Por supuesto —contesté—, ¿quién hubiera podido oponerse a los deseos del vicario de Cristo? ¿Acaso hay algún hombre bajo el cielo que pueda interpretar con más autoridad los preceptos del derecho canónico? Naturalmente... Giovanni no se lo tomó nada bien. Asumir que el matrimonio no había sido consumado constituía una proclamación en público de su impotencia, circunstancia que no resulta grata para ningún varón. Intentó vengarse diciendo que yo era virgen, sí, pero que la razón de mi doncellez no era su incapacidad *coeundi,* sino la imposibilidad de desflorarme porque mi padre ansiaba ser el primer hombre que me poseyera...

—¡Por Dios! —exclamasteis espantado mientras vuestro rostro se contraía en una mueca de asco entreverado de dolor.

—Eso no fue todo —continué yo—. Por aquella época, entre los sirvientes de mi padre se hallaba un español jovencito. Era un mancebo alegre y simpático que gustaba de contar cosas de aquella tierra que yo siempre había querido conocer y no me había sido dado visitar. Yo había estudiado español y me gustaba hablar en esa lengua con él y…, Pietro, nunca nos besamos, ni nos abrazamos ni…

Rompí a llorar. ¿Lo recordáis? Sí, claro que os acordaréis de ello. Como también de que me rodeasteis con vuestros brazos y comenzasteis a besarme dulcemente y a decirme que ya era suficiente, pero no lo era, mi futuro cardenal, no lo era. Podía haber guardado silencio entonces, pero me sentía igual que aquel que ha comenzado a vomitar y que piensa que no podrá encontrarse bien hasta vaciar por completo las tripas.

—Un día desapareció —proseguí el relato como pude—. Nadie supo darme cuenta de lo que había sido de él, pero algún tiempo después me enteré de que se decía que había sido mi amante e incluso que habíamos tenido un hijo.

—¡Qué miserables! —dijisteis con un gesto de repugnancia.

Las lágrimas habían comenzado a rodar por mis mejillas y, por un instante, temí que rompería a llorar y no lograría concluir mi relato. No fue así. Me bastó con respirar hondo para proseguir.

—Por supuesto, no se me ocurriría asegurarlo, pero siempre he sospechado que alguien ordenó su muerte. No puedo precisar, claro está, si, de ser así, la orden partió del orgullo herido de Giovanni o de las razones de Estado que siempre invocaba con elocuencia mi padre. En cualquier caso, Pietro, al cabo de unos meses me habían casado de nuevo y si mi primer marido fue un viudo añoso, éste era un jovencito de mi edad. ¡Pobre Alfonso! Ya era el duque de Bisceglie y príncipe de Salerno, pero tan sólo contaba dieciocho años. Y no, no penséis que porque fuera joven era mejor amante. En el tálamo resultaba una verdadera calamidad, pero yo..., yo le quise.

Disteis un respingo al escuchar aquellas palabras. Estoy convencida de que fue una reacción de celos, quizá incluso de envidia, pero ¿por qué había de mentiros, precisamente a vos, al que estaba contando lo que no había referido ni siquiera a mis confesores? Y entonces, buscando un argumento para evitar dañaros, añadí:

—Entendedme bien. Alfonso se parecía tanto a mí...

Roma, 1519

Estoy segura de que, al leer mis palabras, en vuestro corazón debe encenderse el recuerdo de algunos momentos concretos. Como aquella vez en que yo —imprudente e insensata como suelen serlo los que se han enamorado apasionadamente— tuve la ocurrencia de referirme a las consecuencias espirituales de nuestros actos para añadir a continuación que si fueran de dominio público nos crucificarían. ¡Nos crucificarían! Me refería yo, por supuesto, al terrible suplicio romano que sembró el espanto en la Antigüedad, pero nada más salir las palabras de mi boca me pareció descubrir en ellas un contenido casi místico. Después de habernos acercado tanto al Creador al fundirnos en un solo cuerpo, ¿qué de extraño podía tener el que nos llevaran al patíbulo como lo habían hecho los hipócritas y los que sólo amaban el poder con el propio Dios encarnado? Temo horrorizaros con estos recuerdos que, sí, lo sé, podrían sonar a blasfemia, pero no sería honrada si ahora, en el último tramo de mi existencia, los ocultara. Por otro lado, mi querido *commendatore*, en aquel entonces —¿os molesta si os lo recuerdo?— vos mismo no erais un ejemplo de ortodoxia —de sana doctrina, como dice el apóstol de los gentiles—, si se recurría para mediros al baremo de las enseñanzas de la Santa Madre Iglesia. Esforzaos un poco por recordarlo. Aunque puede no agradaros, os lo suplico.

Debíamos de llevar cuatro, quizá cinco días, entregados a la dulce dicha de amarnos —a decir verdad, sólo interrumpíamos nuestros apasionados abrazos para comer, no pocas veces en el lecho; para que me leyerais alguno de vuestros escritos inspirados en mí y para dormir en sueños pespunteados de continuos besos—, cuando, una mañana, supe que no teníais fe alguna en muchas de las creencias que yo había profesado desde que era una niña.

Nos acabábamos de despertar por culpa del impertinente canto del gallo y la aparición tímida de las primeras luces de la aurora nos pareció excusa suficiente para abandonar totalmente el perezoso sueño y fundirnos por enésima vez en un abrazo. Ahora, siento como si las yemas de los dedos se me encresparan al rememorar cómo me llené las manos de vuestra suave piel, de vuestro sedoso pelo, de cada ansiada pulgada de vuestro cuerpo. Parecía que os habíais convertido en un ser que, como los gigantes de la Antigüedad que tanto os gustaba estudiar, estuviera dotado de multitud de brazos y manos. Sí, ¿para qué ocultároslo? Mi cuerpo, por más que me lo nieguen, está muy enfermo, pero me resulta imposible evitar que se vea sacudido por un estremecimiento cansado con el recuerdo de aquella dilatada sesión de ininterrumpidas caricias en la que nosotros apenas nos movíamos de un reducido espacio mientras el sol, diligente en su tarea, parecía empeñado en correr más que nunca.

Insisto en ello. Nos habíamos descubierto el uno al lado del otro a primera hora de la mañana, cuando apenas había más luz que la proporcionada por una línea grisácea y somnolienta, y, antes de que pudiéramos darnos cuenta, Apolo se había colocado en el punto más alto de su camino o, al menos, así lo hubiera dicho vuestro amigo, el correveidile cojo. Fue entonces, mientras yo reposaba echada sobre mi espalda y vos me mordisqueabais los dedos de los pies con una maliciosa suavidad, cuando se me ocurrió deciros —ay, mi amado *commendatore*— que esperaba que la Virgen nos ayudara a obtener el perdón de nuestros pecados.

Por unos instantes, dio la impresión de que no me habíais escuchado, porque seguisteis jugueteando con mis pies mientras vuestros labios subían de los dedos a la planta y por allí, sabrosa y tiernamente, ascendían hasta el tobillo. Se trataba de un placentero juego, pero, por alguna razón que se me escapa, me molestó un tanto que no os dignarais comentar lo que acababa de decir.

—¿No creéis que deberíamos pedir perdón? —insistí imprudentemente, y en ese instante, por primera vez, sentí temor, una sensación que había, milagrosamente, desaparecido tras aquel momento, apenas unos días antes, en que me habíais abrazado a la puerta de vuestro oscuro y atestado estudio.

De manera inesperada, una punzada en el pecho me advirtió cruelmente de que quizá no erais el hombre que yo había creído hasta ese momento, sino tan sólo un seductor descreído que no me amaba a mí, a Lucrezia, sino que únicamente deseaba el placer que obtenía al ayuntarse una y otra vez conmigo. En suma, mi amado *commendatore*, que, de repente, besos, abrazos y versos se desvanecieron como el sutil rocío sofocado por el estío ardiente y yo me pregunté, por primera vez, si no era a mí a quien queríais, sino más bien a vos mismo, y por eso os complacíais tan impía y despreocupadamente en lo acontecido hasta esos momentos.

Sentía cómo una desazón sorda comenzaba a descender desde mi garganta hasta los pezones cuando vos levantasteis la vista, respirasteis hondo y dijisteis:

—No creo que la Virgen pueda hacer nada en este caso...

Me dio un vuelco el corazón al escuchar aquellas palabras. «No creo que la Virgen pueda hacer nada en este caso...». ¿Qué queríais darme a entender con aquellas palabras? ¿Que nuestro pecado era tan grande que no podía aspirar a obtener el necesario perdón? No, eso no podíais pensarlo. De sobra sabía yo desde mi infancia que Dios no da poca importancia a los pecados de la carne, pero sí los absuelve. De lo contrario, ¿qué hubiera resultado de mi pobre madre, que nunca se casó con mi padre, al que conoció como cardenal y al que siguió unida cuando se convirtió en papa? Aún más grave, ¿qué hubiera sido de mi padre, el sumo pontífice, el vicario de Cristo, la cabeza de la Santa Madre Iglesia, que no sólo yació con mi madre, sino con infinidad de cortesanas, incluso en la época en que se calzaba las sandalias del gran pescador? Entonces...

Inquieta, me incorporé sobre el lecho, un lecho revuelto que trasminaba a cópula y besos, y, de manera instintiva, eché mano de un pañuelo grande y verde que yacía en el suelo con la intención de cubrirme el pecho con él. Lo recuerdo ahora y no puedo dejar de reconocer que se trató de un movimiento absurdo, ridículo, casi cómico. Expuestos seguían mi vientre y también mi pubis y mis muslos..., y, sin embargo, cubriéndome los senos me parecía que remediaba la desasosegante sensación de desnudez que acababa de apoderarse de mí.

El *commendatore* sonrió. Fue la suya una sonrisa casi risueña, punto menos que alegre, rozando con lo divertido. Sí, claro que recordaba aquella conversación y, sin embargo, qué poco le importaba ahora. A decir verdad, le traía tan sin cuidado que le provocaba la sensación de haber sido tanto tiempo atrás que casi hubiérase dicho que todo había acontecido incluso en una existencia anterior. De aquellos momentos lo que más le venía ahora a la mente —sí, casi lo único— era el pubis de Lucrezia. Era claro y en aquel entonces tan lejano había intentado distraerse del malestar que sentía reflexionando sobre el hecho de que era rubia. Sí, era rubia y joven y hermosa y toda ella exhalaba un aroma y una suavidad delicados y deliciosos. Por un instante, le pareció sentir el olor de Lucrezia. Incluso estiró la nariz como si venteara y pudiera captar aquella fragancia antigua en el aire de la habitación. Sólo consiguió que en el vano intento una punzada de desasosiego le golpeara el pecho para luego extenderse como una oleada caliente y desapacible por todo su ser. Se trató de una sensación especialmente desagradable semejante a la de encontrarse con un acreedor del que se cree haberse liberado mucho tiempo atrás o a la de descubrir que las huellas de una mala acción no han desaparecido enterradas por el paso del tiempo, sino que resultan más expuestas que nunca.

Se llevó la diestra al lado izquierdo del pecho y comenzó a frotarse con suavidad, casi con mimo, incluso con delicadeza. Permaneció así unos instantes mientras con la boca abierta intentaba respirar de manera más acompasada. Cerró los ojos y, lenta y profundamente, inhaló y exhaló hasta que se sintió más tranquilo. Algo en su interior le decía que, seguramente, resultaría más sensato abandonar aquella lectura. No para siempre, no, pero sí por un rato. Pero no atendió a aquella advertencia que brotaba de su más hondo interior.

... cubriéndome los senos me parecía que remediaba la desasosegante sensación de desnudez que acababa de apoderarse de mí.

He recordado aquel episodio muchas veces desde entonces. Especialmente al leer que, tras comer de la fruta prohibida, nuestros primeros padres, Adán y Eva, se percataron de que nada les cubría y que, por lo tanto, estaban desnudos. Su estado, por supuesto, era el mismo que antes de perpetrar el pecado primigenio, pero, en su inocencia cándida, no habían hallado en él motivo alguno de vergüenza. Fue más bien la constancia de haber quebrantado la Ley de Dios lo que les reveló que su situación no era ya de dicha inocente, sino de condena culpable. Lo mismo me sucedió a mí entonces. Pero volvamos a aquella mañana.

—¿Acaso no creéis en la Virgen? —os pregunté con voz trémula, como si acabara de descubrir que me había entregado a un ser que podía resultar no sólo pecador (eso, a fin de cuentas, lo somos todos), sino incluso hereje y, por lo tanto, demoníaco.

Respirasteis hondo, casi trabajosamente, y enarcasteis un poco las cejas, como si os pareciera que la pregunta no era oportuna, pero estuvierais de todas formas dispuesto a responderla, constreñido por los servicios que derivan del amor. Como por obligación. Con paciencia incluso. Era una mirada semejante a la que se espera de un pulcro cortesano o, más bien, igual a aquella con la que contestamos las cuestiones que nos plantean los niños, porque no queda más remedio.

—¿Cómo definiríais el hecho de creer en la Virgen? —me preguntasteis mientras os dejabais caer a mi lado sin apartar la mirada un solo instante.

Por un momento, dudé. «Definiríais...». A decir verdad, no estaba en absoluto segura de que pudiera «definir». ¡Dichoso verbo, propio de charlatanes!

—No sé... —balbucí confusa—. Me refiero..., bueno, supongo que es creer que fue la madre de Cristo sin tener contacto con varón, que escucha nuestras oraciones, que podemos acudir a ella para que nos socorra, que nos allana el camino hacia el cielo, que...

—Esperad, esperad... —me dijisteis mientras levantabais la mano y vuestro rostro se iluminaba con esa sonrisa, clara y divertida, que sólo he alcanzado a contemplar en vos—. Vayamos por partes...

—Pero..., pero ¿creéis o no? —insistí cada vez más inquieta.

Respirasteis hondo y en vuestros ojos me pareció ver ese brillo, mezcla de suave agudeza y semimaliciosa diversión, que tanto me atraía en vos. Sí, mi querido *commendatore*, no sé cómo lo conseguíais, pero a vos el hecho de estudiar, de aprender, de aumentar vuestros vastos conocimientos no sólo no os abrumaba o siquiera cansaba, sino que os infundía una alegría especial. La misma que se reflejaba en esos momentos en vuestras pupilas.

—Si lo que me preguntáis —comenzasteis a decir a la vez que dejabais que vuestros dedos me acariciaran suavemente el cabello revuelto— es si creo que María era una virgen que quedó encinta por obra y gracia del Espíritu Santo y dio a luz a Jesús, mi respuesta es...

¡Y entonces os callasteis! Ahora estoy segura, mi querido *commendatore,* de que os comportasteis así tan sólo para proporcionaros el placer nada inocente de reíros de mí. No porque quisierais mofaros de mis creencias, no, sino porque os divertía que planteara cuestiones teológicas mientras estábamos entregados a recrearnos en nuestros cuerpos.

—¿Cuál es vuestra respuesta? —insistí al ver que no proseguíais.

—Que sí, por supuesto —dijisteis, como si no cupiera esperar otra posibilidad.

La opresión asfixiante que se había posado sobre mi pecho como un cuervo negro y pesado se alivió un tanto y yo deseé que aquella ave siniestra se hubiera echado a volar.

—Pero si lo que queréis saber —reanudasteis vuestro discurso— es si creo que María puede traer la lluvia, o que sus imágenes tienen poderes milagrosos o que resulta adecuado dirigirse a ella en oración o que puede ayudarnos a llegar al cielo o que hay pomos con su leche custodiados en alguna iglesia para ser objeto de nuestro culto…, bueno, mi querida Lucrezia, entonces mi respuesta es negativa.

Por un instante, no acerté a decir palabra. Y lo intenté. Vaya si lo intenté. Abrí la boca una y otra vez, pero de ella no pudo salir un solo sonido. Me encontraba tan estupefacta… ¿Cómo podíais negar todo lo que había formado parte de mi vida desde los primeros instantes de los que podía tener memoria? A la perfección recordaba yo en ese momento, como si se expusiera con toda nitidez ante mis ojos, la manera en que mi madre se inclinaba ante aquellas imágenes de Vírgenes policromadas y llorosas derramando aún más lágrimas que ellas. Había contemplado también cómo mi padre, el papa, el vicario de Cristo en la tierra, él, que había sabido echar raíces tan lejos de su tierra natal, él, que no temía a nadie, él, que a todo se atrevía, incluido el nombrar cardenal a su hijo Césare, se dirigía conmovido a la Madre de Dios para suplicarle la victoria de sus armas o el triunfo de sus proyectos. ¡Si hasta Césare, que no temblaba ante nada ni nadie, había pedido su socorro! Y ahora... vos, un erudito famoso por su sabiduría, me decíais que no creíais en todo aquello. Pero, mi futuro cardenal, ¿qué clase de monstruo erais? ¿A qué terrible y vil ser me había entregado? ¿En los brazos de quién me había gozado una y otra vez? Por unos instantes, sentí más miedo, más frío y más soledad de la que había podido experimentar en años. Y entonces, como si pudierais leer lo que había en mi oprimido corazón, dijisteis:

—Lucrezia, yo soy un hombre que cree lo que verdaderamente debe creerse. Para mi fe, descanso en las Escrituras, que son el testimonio de lo que Dios nos ha enseñado...

Intenté decir algo, pero vos levantasteis la mano imponiéndome silencio y continuasteis hablando con aquella voz tan serena y, a la vez, tan cargada de autoridad que poseíais. ¿Lo recordáis, mi amado *commendatore*?

Temblaba yo y quise en aquellos momentos atribuir mi trémulo comportamiento al frío de la destemplada mañana. De hecho, eché mano de la revuelta sábana cuyos pliegues despedían el aroma acre del amor repetido y hasta concentrado y me tapé con ella dejando apenas al descubierto la cabeza. Pero, mi futuro cardenal, vos podéis daros cuenta de sobra de que aquella gelidez opresiva que había comenzado a apoderarse de mis miembros no nacía de la temperatura, sino del interior de mi pecho.

—Creo en las Escrituras —comenzasteis a decir con ese tono de autoridad sólida y de seguridad inquebrantable que envolvía vuestras afirmaciones— porque el propio Cristo dijo que en ellas había vida eterna. Creo incluso en el Credo, que sus apóstoles redactaron o que, por lo menos, se les atribuye, pero por lo que se refiere a las enseñanzas que los hombres han ido acumulando con el paso de los siglos... Os soy sincero. No, no creo en muchas de ellas...

—Pero si nos escucha... —intenté protestar.

Y entonces vos cogisteis mis manos entre las vuestras, y depositasteis un beso suave y prolongado en la punta de mis dedos, y me mirasteis con una dulzura que, por primera vez, me pareció rezumante de tristeza.

—Si deseáis que os sea sincero —comenzasteis a decir—, no creo que ni la Virgen ni santo alguno escuche, oiga o interceda por nosotros.

—¿Cómo podéis decir eso? —pregunté auténticamente horrorizada.

—No lo digo yo —repusisteis—. Fue Cristo el que dijo: *Ego sum via, et veritas et vita, nemo venit ad Patrem, nisi per me*[*]. ¿Entendéis? *NISI PER ME*.

Sí, mi futuro cardenal, por supuesto que entendía. Mi latín daba para eso y para más.

—No habla de María —proseguisteis— o de... san Agustín o... de san Roque... A Dios sólo se llega a través de Jesús.

—Pero los apóstoles... —intenté argumentar.

—Los apóstoles no se dedicaron a las innovaciones ni a la introducción de nuevas enseñanzas. A decir verdad, se limitaron a repetir la enseñanza de Cristo —cortasteis mis palabras—. ¿Sabéis lo que escribió san Pablo a san Timoteo en la primera epístola que le dirigió?

No, no lo sabía, la verdad, pero se trataba de una pregunta retórica, ya que tampoco vos esperasteis a que

---

[*] «Yo soy el camino, la verdad y la vida. Nadie viene al Padre sino por mí».

os respondiera. Clavasteis en mí vuestra mirada —sí, la clavasteis y la sentí perforándome el alma— y dijisteis:

—*Unus enim Deus, unus et mediator Dei et hominum, homo Christus Iesus**.

—¿Eso escribió san Pablo? —dije, más para mí que para vos.

—En su primera epístola a Timoteo, como os he dicho —me respondisteis, y añadisteis a continuación—: No quiero que me malinterpretéis, Lucrezia. Yo amo a María y creo que su vida es un ejemplo para nosotros y también pienso que deberíamos imitarla en su fe y su obediencia incondicional a los propósitos del Señor, pero..., pero, creedme, la Madre de Dios no puede interceder por nosotros, ni salvarnos. Eso sólo puede hacerlo Cristo.

Aquella breve explicación teológica tuvo el efecto de un tonel de agua arrojado sobre un fuego. Todo el ardor que había quedado prendido en el aire y en las sábanas se extinguió de golpe. A decir verdad, después de aquellas palabras, no tardamos en abandonar el lecho y en vestirnos envueltos en un espeso silencio. Era como si un nubarrón algodonoso y negro se hubiera cernido sobre un prado esmaltado hasta entonces por la luz del sol para dejarlo sumido en una tonalidad árida, gris y triste. Pienso en ello ahora, mi querido *commendatore*, y no dejo de percibir algo absurdo de mi reacción. No me había costado tanto el entregarme a vos, el permitir

* «Porque uno es Dios, y uno también el mediador entre Dios y los hombres, el hombre Cristo Jesús».

que me poseyerais, el quebrantar los votos pronunciados en el altar ante un ministro de Dios. Nunca antes me había comportado de esa manera, es cierto, pero aquel adulterio, al fin y a la postre —¿para qué negarlo?— apenas había necesitado vencer resistencia alguna en mi alma. Sin embargo, el descubrir que no creíais lo mismo que yo y, a pesar de ello, haber estado entre vuestros brazos se me aparecía como una conducta cercana a la más horrenda monstruosidad. Sí, ya sé que es una estupidez y que, seguramente, los hombres que habían compartido el lecho conmigo perpetraban conductas peores que la herejía. Pero todo aquello me sobrecogía, quizá porque podía estar preparada para soportar a un marido infiel, pero no para tener un amante hereje. Creo que si, en última instancia, entonces no eché a correr, no huí, no me di a la fuga, fue simplemente porque el cuerpo se me había vuelto extraño e incomprensiblemente pesado y ya no respondía a mis órdenes.

Recuerdo que, al final, decidimos abandonar la estancia en la que pasábamos casi todo el día y salir de la casa para dar un paseo. En el curso del mismo, ni vos, mi amado *commendatore,* ni yo despegamos los labios. ¿Cuánto tiempo pasamos envueltos en aquel espeso velo tejido sin una sola palabra? Quizá no fue mucho, pero a mí me pareció tan eterno como los tormentos de los réprobos en el infierno, ese infierno al que yo, de manera más que presuntuosa, os veía destinado en esos momentos.

Sólo volvimos a hablarnos cuando nos sentamos para comer, al cabo de un rato. Había yo ordenado que nos sirvieran para aquella primera colación del día un vino fresco que facilitara la deglución de aquellos pastelillos de carne y de aquellos dulces que tanto os gustaban y que yo os llevaba orgullosa. Me tomasteis de la mano y pronunciasteis sobre aquellos alimentos una breve plegaria. Os limitasteis a invocar la bendición de Dios, pero aquellas palabras me resonaron en esos momentos —perdonadme, mi amado *commendatore*— profanas, impías, casi me atrevería a decir que blasfemas. ¿Cómo alguien que se había expresado así sobre la Virgen podía ser capaz de pronunciar una oración? Y de esa manera empezamos el yantar, que a mí se me antojó sin sabor ni olor. Reconozco que cualquier persona sensata habría optado por callarse, pero cuando se ama resulta muy difícil —si es que no imposible— guardar silencio. Y yo os amaba muchísimo. Por eso entonces volví a abrir la boca.

—¿Y la sucesión apostólica? —os pregunté con la misma naturalidad con que podía haberos pedido que me llenarais de vino la copa que tenía al lado de mi plato.

—La sucesión apostólica... —repetisteis con un tono de voz apesadumbrado—. ¿Os referís a que el papa es el sucesor de san Pedro?

Asentí con la cabeza sin despegar los labios, sin realizar ninguna concesión y, sobre todo, sin reparar en lo absurdo de la pregunta.

—Creo que la sucesión apostólica consiste en seguir con fidelidad lo que enseñaron los apóstoles —respondisteis.

—¿Nada más? —pregunté yo incrédula mientras una inmensa bola de plomo se me posaba sobre la boca del estómago—, pero... ¿y el papa?

Por primera vez desde nuestro triste abandono del lecho unas horas antes, sonreísteis y esta vez en vuestros labios me pareció descubrir una dulce ternura, casi, casi como si os inspirara compasión con las cuestiones que os estaba planteando.

—Mi amada, querida, deseada, soñada Lucrezia... —comenzasteis a decir. Sí, eso fue lo que me llamasteis. Amada, querida, deseada, soñada—. A finales del siglo pasado hubo durante décadas dos papas que se excomulgaban y se condenaban entre sí. ¿Dos? ¡Incluso llegó a haber cuatro a la vez! Durante setenta años, ¡setenta años, que se dice pronto!, la sede papal no estuvo en Roma, sino en Aviñón. Los reyes de Francia eran tan poderosos que consiguieron convertir a la Santa Sede en un simple secretariado de su corona. Cuando murió Gregorio XI, el pueblo de Roma —que temía la elección de un papa francés y el regreso de la Santa Sede a Aviñón— exigió que el nuevo papa fuera «romano o al menos italiano». Aterrorizados, los cardenales votaron casi unánimemente a un napolitano llamado Prignano, que adoptó el nombre de Urbano VI. Por supuesto, el nuevo papa podía ser napolitano, pero no era estúpido y se apresuró a anunciar que tenía el propósito de crear nuevos cardenales. Dado que era obvio que perseguía contar con una mayoría italiana en el sagrado colegio, los cardenales franceses proclamaron la nulidad de su elección y eligieron a Clemente VII en su lugar. De esta manera comenzó el Gran Cisma o Cisma de Occidente. Urbano VI respondió ejecutando a cinco cardenales por conspiración y sometiendo a otros seis a tortura, pero, ¡ah, misterios de la Providencia!, murió sin poder volver a ejercer su pontificado sobre toda la cristiandad católica. Como era de esperar, Clemente VII intentó aprovechar la situación, pero dado el lujo de su corte, las misiones diplomáticas que envió y el pago de los mercenarios con los que intentó controlar el sur de Italia, llevó la economía papal al borde de la ruina. Y, para colmo, no tardó en encontrarse con otro papa enfrente. Se llamaba Bonifacio IX y también había nacido en Nápoles. Lo eligieron papa catorce cardenales romanos como una solución de compromiso, pero lo único que consiguió fue que lo excomulgara Clemente VII. Como mantuvo buenas relaciones con Alemania e Inglaterra y Clemente VII se acabó muriendo, pensó que podría disfrutar tranquilamente del trono papal. ¡Vana ilusión! Los cardenales franceses eligieron a un español, que tomó el nombre de Benedicto XIII y que se negó a llegar a un acuerdo con él. A esas alturas, no eran pocos los reyes que estaban hartos de que la Iglesia católica fuera un monstruo de dos cabezas. Hasta Carlos VI, rey de Francia, llegó a instar a Benedicto XIII para que abdicara. No sirvió de nada y, por añadidura, se acabó el siglo, dio inicio uno nuevo y continuó el cisma.

¡Ay, mi querido *commendatore!* ¡Qué indignación os agitaba mientras desplegabais ante mí semejante crónica de corrupción y soberbia! Os aseguro que, si en un momento determinado hubiera salido de las ventanas de vuestra nariz fuego como si se tratara de los ollares de un dragón, no me hubiera extrañado lo más mínimo.

—Mientras tanto —continuasteis— en Roma fue elegido el tercer papa desde el inicio del cisma. Inocencio VII por más señas. Era corrupto hasta la médula, tanto que, a los pocos meses de su elección, se produjo un levantamiento popular en Roma que concluyó con su expulsión de la ciudad. El cuarto papa romano, fijaos bien, el cuarto, deseoso de ver el final del cisma, se comprometió a abdicar en caso de que Benedicto XIII también lo hiciera. A esas alturas, cualquier fiel que mantuviera un mínimo de decencia o de sentido común sabía que la solución no vendría de ninguno de esos que se llenaban la boca afirmando que eran el sucesor de san Pedro. ¿Y qué se podía hacer? ¡Convocar un concilio! Sí, no me miréis con esa cara. Se reunió un concilio en Pisa para acabar con un embrollo que procedía única y exclusivamente de la corrupción papal. El concilio actuó, ha de reconocerse, de la manera más expeditiva. Depuso a los dos papas y los declaró cismáticos, herejes y perjuros. ¡Brava resolución, vive Dios! ¡La única Iglesia verdadera había estado regida durante años por una pareja de herejes! Como conclusión, el concilio afirmó que estaba vacante la sede papal y procedió a elegir papa a Alejandro V. No hace falta que os diga que no sirvió de nada. Otro concilio, éste reunido en Constanza, entró en negociaciones con Gregorio y le convenció para que abdicara a cambio de ser creado cardenal obispo de Porto y legado de Ancona. Al fin parecía que el problema estaba encauzado... ¡pues no! Alejandro V se murió y todo volvió al punto de partida. Entonces llegó el pirata...

—¿Qué queréis decir? —pregunté sorprendida por vuestras últimas palabras.

—El siguiente papa —comenzasteis a decir reprimiendo a duras penas vuestra indignación— era un pirata. Napolitano, pero pirata. Y un mujeriego empedernido. Supo romper a tiempo con Gregorio XII y luego, durante el concilio de Pisa, logró la deposición de Gregorio XII y de Benedicto XIII, y la elección de Alejandro V. Cuando éste murió envenenado, logró ser elegido sucesor suyo y así hubo, a la vez, cuatro papas. ¡Ah, pero ni siquiera él estaba seguro! Convocó un concilio en Constanza con la intención de que se confirmara la deposición de Gregorio XII y Benedicto XIII, pero el concilio, ¿quién lo hubiera sospechado?, decidió que también Juan XXIII debía abdicar. Juan XXIII, por supuesto, intentó oponerse. Apeló a su condición de sucesor de san Pedro, pero entonces el concilio proclamó que era superior al papa y, tras detener a Juan XXIII, lo depuso en la sesión duodécima acusándolo de simonía, perjurio e inmoralidad. Como el papa no era estúpido y se había percatado de que los vientos soplaban en su contra, declaró formalmente que el concilio era infalible y renunció a cualquier derecho que pudiera tener al trono papal. Lo tuvieron confinado por espacio de tres años, pero, al fin y a la postre, recuperó la libertad, previo pago, eso sí, de una elevada cantidad de dinero. Murió ese mismo año, no sin antes acatar formalmente como nuevo papa a Martín V. En fin, ¿qué voy a deciros? Si no llega a ser por el concilio de Constanza, que los depuso a todos y eligió a uno nuevo..., bueno, quién sabe, quizá ni siquiera hubiéramos llegado a conocernos, porque vuestra familia hubiera obedecido a un papa y la mía a otro...

—Pero... —repuse—, pasara lo que pasara..., bueno, el papa es el sucesor de san Pedro...

—Pero ¿por qué estáis tan segura? —me dijisteis ahora con más suavidad—. Mirad. En las listas de los obispos de Roma escritas durante los primeros siglos no aparece san Pedro. El propio san Pablo no lo cita en la epístola que escribió a los fieles de Roma, luego no debía de andar por ahí. Conque para pensar que el papa, el obispo de Roma, es su sucesor...

—Pero —insistí, apenas controlando la ira que me bullía por todo el cuerpo— el emperador Constantino lo reconoció como tal y le donó territorios como sucesor del apóstol san Pedro...

Al escuchar aquel argumento, una sombra de profunda melancolía os ensombreció esa frente espaciosa y blanca que tanto me gustaba.

—¡Ay, querida Lucrezia! ¡Qué ingenua sois! —dijisteis con esa dulzura apesadumbrada con la que algunos padres han de negar a sus hijos algo que saben que los llenaría de gozo, lo que tuvo como resultado directo que aún me sintiera más molesta de lo que ya estaba—. El documento donde se afirmaba lo que acabáis de decir se llama *Donatio Constantini,* y es un fraude total y absoluto. Pico della Mirandola, el propio papa Pío II y tantos otros lo han demostrado más que de sobra. No, no se puede cerrar los ojos ante una realidad que resulta innegable. Durante siglos, los papas han luchado, peleado, derramado la sangre de millares de cristianos para retener en sus manos unas tierras que han poseído basándose en un título de propiedad que no pasaba de ser un documento falsificado.

Hubiera deseado en aquellos momentos que me hubiera tragado la tierra, que el suelo se hubiera abierto bajo mis pies engulléndome y, sobre todo, librándome de aquellas palabras que tanto daño me estaban ocasionando. Sin embargo, no me moví un ápice del lugar donde me encontraba. ¿Por qué? Ay, mi querido *commendatore,* han pasado tantos años y no estoy segura de haber dado con la razón exacta.

—Lucrezia —proseguisteis—, vos misma sois hija de un papa. ¿Creéis de verdad que vuestro padre es el *sucesor* de aquel pescador impetuoso, todo lo débil que deseéis, pero casto y noble y pobre que siguió a Jesús, Nuestro Señor? ¿De verdad lo pensáis?

Apenas acababais de pronunciar aquellas palabras cuando millares de imágenes, vivas, ásperas, dolorosas, subieron desde los rincones más recónditos de mi corazón. Fue algo similar a esas ratas sucias, grises, enormes que huyen despavoridas de una casa que se consume en medio de las llamas o a esas aves desorientadas que levantan el vuelo ciegas de terror al escuchar el disparo de un cazador. Pero lo que se ofreció en esos momentos ante mis aterrados ojos no fueron roedores inmundos ni pájaros amedrentados, sino mi padre vestido con sus mejores galas para dar limosna a los que tan sólo se malcubrían con harapos, y las impúdicas cortesanas correteando por los inacabables pasillos del Vaticano mientras diseminaban desvergonzadamente risitas desprovistas de inocencia y comentarios obscenos, y mi madre rezando a la Virgen para que el ahora papa no se olvidara de ella, y mi primer —y torpe— marido arrancado de mí como un sarmiento podado de la viña, y mil cosas más, mi futuro cardenal, mil cosas más que me gritaban hasta ensordecerme que podíais tener razón, aunque, a decir verdad, con esa razón me estrujabais el corazón de la misma manera que retuercen las lavanderas las ropas empapadas de lejía.

—Pero…, pero… —intenté contraargumentar— ¿y la Iglesia? ¿Qué pasa con la Iglesia?

—La Iglesia —dijisteis con un hilo de voz— es, por definición, una, santa, católica y apostólica. Está formada por aquellos que buscan seguir las enseñanzas de Jesús y sus apóstoles, que aceptan como hermanos a todos los demás discípulos, aunque sean griegos o armenios y no se sometan al papa, y que intentan vivir como vivieron los primeros cristianos y no como…, como…

No fuisteis capaz de terminar aquella frase. Quizá lo que contabais os dolía tanto como a mí. Quizá sufríais al no encontrar motivo suficiente para aquella conversación que cavaba un abismo entre los dos. Quizá os producía pesar el ver cómo un indescriptible sufrimiento —estoy segura de ello— se reflejaba en mi rostro.

Y entonces la concluí por vos:

—Como mi padre.

Roma, 1871

Di Fonso realizó una pausa en la lectura. Una sonrisa divertida, casi una mueca, se columpiaba de sus labios. Se mirara como se mirara, aquel texto era mucho mejor de lo que hubiera podido imaginar al inicio, cuando había cortado la cuerdecita que lo sujetaba para dar inicio a su lectura. Resultaba fascinante comprobar cómo lo que tantas veces se había dicho y escrito era la pura verdad y la mismísima hija de un papa daba fe de ello. De entrada, Bembo no creía en los dogmas católicos, y no creía en ellos por la sencilla razón de que no tenían punto de contacto con la realidad, a decir verdad, ni siquiera con lo que aparecía en los escritos de los primeros cristianos. No todo lo que enseñaba la Iglesia católica era mentira, por supuesto, pero durante la Edad Media, los papas y los cardenales habían hecho todo lo posible por forjar un complejo sistema de interesadas falsedades con el que aherrojar más fácilmente a las gentes, tanto si eran siervos de la gleba como emperadores. Pues bien, no es que fuera a decir que todos fueran incrédulos, pero los clérigos que tenían una cierta formación, los que habían estudiado, los que sabían Historia eran conscientes, en mayor o menor medida, de que aquel edificio sólo tenía como cimientos la mentira más absurda y tenebrosa y la ambición más despiadada e inmoral.

Por lo que se refería a la hija de Borgia... Bueno, a decir verdad Di Fonso deseaba ahí ser lo más ecuánime posible. Los Borgia se habían convertido en un ejemplo paradigmático de grosera y codiciosa indecencia. Estaba seguro de que no faltaban razones para ello, pero, a la vez, se encontraba convencido de que el papa Alejandro VI no había sido peor que otros pontífices que lo habían antecedido o sucedido. Eso sí, había que reconocer que contaba con el agravante cualificado de ser español. Otros, como Julio II *il Terribile,* al menos habían sido italianos. No lo habían sido tanto como para intentar la reunificación de la patria sometida y perdida, pero sí para poner manos a la obra en la tarea de expulsar a los extranjeros.

Muy estúpido había que ser para engañarse. Los papas, por pura definición, habían sido —y eran— malos, muy malos para Italia, para la luz y para la libertad, las tres verdaderas pasiones de Di Fonso. Sólo gracias a su pérdida de poder, habían logrado los italianos volver a reunirse como nación y sólo con su extinción, a medio plazo, quizá, pero extinción a fin de cuentas, podrían ser libres y ver disipadas aquellas tinieblas que los habían mantenido esclavizados durante tanto tiempo. Mazzini, Garibaldi, Cavour, Vittorio Emanuele..., todos ellos lo habían sabido desde siempre. Precisamente por eso también todos habían sido iniciados. Eran más que conscientes de que la luz no procedía de los cirios, sino de las logias. Por supuesto, formalmente, podían asistir a misa, hasta bautizar a sus hijos o incluso casarse ante un sacerdote, pero, en lo más noble y profundo de su ser, eran más que conscientes de que no existía posible acuerdo con la reacción más nefasta de todas. Los hermanos tardarían más o menos en desarraigar de tantos corazones aquellas prácticas supersticiosas y aquellas falsedades mitológicas, pero lo acabarían consiguiendo. Educación y cultura, enseñanza y adoctrinamiento..., con eso hasta los católicos mejores, aquellos que no permitían que el ciego dogma apagara la luz de la Razón, hasta el último, acabarían pasándose a sus filas. Ciertamente, la vida en Italia iba a cambiar —y mucho— en los próximos años. De momento, sin embargo, tenía que continuar la lectura.

Roma, 1519

C reo que no deberíamos continuar esta conversación —dijisteis, como si la referencia a mi padre
os hubiera provocado una repentina inquietud.

Sin embargo, yo sentía que ahora era cuando aquel
fluido incontrolable de ideas que se enredaban entre sí
como los rabos de las cerezas no podía detenerse. Ni
podía ni yo quería que así fuera.

—Se cuentan muchas cosas de mi familia... —comencé a decir.

—Creo que... —Volvisteis a intentar interrumpir-
me, pero yo no estaba dispuesta a que lo consiguierais.
Todo lo contrario. Era como la polilla que vuela hacia
una luz sin percatarse de que aquella atracción la acaba-
rá calcinando. A cada instante que pasaba, más ansiaba
el relatar de una vez lo que a nadie había podido decirle.

—... Ya imaginaréis que unas son ciertas y otras
son falsas —continué sin importarme lo que pudierais
objetar—. Ni todas las buenas son verdaderas ni todas

las malas son falsas. ¿Por dónde podría empezar?... Por el principio, claro. Mi padre siempre ha insistido en que descendemos de los reyes de Aragón, la corona que, junto a la de Castilla, compone España, pero no es cierto. A decir verdad, no hay quien sepa lo que sucedió antes del nacimiento de Alfonso Borja, hace algo más de un siglo.

—Nunca oí hablar de Alfonso Borgia.

—Borja —os corregí—. Es Borja, pero a los italianos les cuesta una enormidad pronunciar ese apellido correctamente y todos hemos terminado por aceptar su toscanización en Borgia. Quizá no tiene mayor importancia, pero a lo que iba, Alfonso nació en Játiva, cerca de la ciudad de Valencia. Fue secretario de Alfonso de Aragón (secretario, que no pariente, como insiste mi familia) y cuando se quiso dar cuenta lo habían nombrado obispo de Valencia. A decir verdad, no creo que fuera especialmente piadoso, pero en un obispo eso no tiene mucha importancia. La verdad es que el rey de Aragón estaba muy satisfecho con sus servicios y, seguramente, decidió que la mitra constituía una recompensa adecuada para su más que demostrada lealtad. Luego, cuando algún tiempo después el rey de Aragón pasó a Nápoles, se trajo a Alfonso y consiguió que lo crearan cardenal.

—Y lo eligieron papa con el nombre de Calixto III... —intentasteis concluir mi historia.

—Exactamente. Por supuesto, nada más convertirse en el vicario de Cristo sus parientes comenzaron a llegar a Roma en manada a la busca de beneficios. Porque no éramos sólo los Borja. Además estaban los Milá y los Lanzol, y todos aquellos a los que, como sabéis bien, llamaban los «odiosos catalanes». A todos había que encontrarles un lugar. El papa Calixto tenía dos hermanas, dos Borja, o Borgia si lo preferís. La primera, Catalina, estaba casada con Juan Milá y la segunda, Isabel, era mujer de Jofre Lanzol. Como os podéis imaginar, estas mujeres tuvieron hijos a los que Calixto III decidió cambiar el apellido paterno convirtiéndolos en Borja. Claro, que lo más importante no fue eso. Lo verdaderamente relevante es que se dedicó a nombrar cardenales a distintos parientes...

—Como a vuestro padre —dijisteis con un tonillo situado a mitad de camino entre la diversión y el pesar. Seguramente, mi amado *commendatore,* a esas alturas no sabíais si en toda aquella historia prevalecía lo cómico o lo bochornoso.

—Exactamente, como a mi padre. Contaba entonces veintipocos años, pero teniendo en cuenta que existen cardenales niños...

—... No resultó tan disparatado —concluisteis con aquel mismo matiz de voz cuyo contenido exacto no terminaba yo de entender.

—A decir verdad, mi padre era un hombre más instruido que otros —proseguí— y al cabo de un año se había convertido en vicecanciller de la corte papal. Quiero decir que los papas se dedican a nombrar parientes para cargos importantes y no pocas veces ese sobrino, ese primo o ese hermano es un perfecto majadero. Pero ése no fue, desde luego, el caso de mi padre. Por otro lado, aunque ya sospecho que nada de esto os parece bien, no creo que tuvieran muchas alternativas. El Vaticano es un foso de víboras donde las distintas banderías combaten para hacerse con el poder. Frente a estirpes como los Colonna o los Orsini, que han nombrado docenas de papas a lo largo de la historia, mi familia no pasaba de ser, a fin de cuentas, un grupo de españoles recién llegados a los que odiaban los italianos y envidiaban los franceses. A estos últimos intentó contentar mi antepasado canonizando a una joven llamada Juana de Arco. La habían quemado como hereje, pero los franceses la adoraban porque se había enfrentado contra los ingleses y había quebrado irremisiblemente su dominio. El rey de Francia agradeció el gesto, es cierto, pero no por eso dejaban de estar solos, y en tal situación, si no confiaban en ellos mismos y se apoyaban entre sí, ¿qué les hubiera podido suceder en aquella selva rebosante de ambiciones?

—¿Y era obligado que los españoles acudieran en bandadas a Roma a la busca de fortuna? —me preguntasteis, aunque ahora me parece que la respuesta ya estaba implícita en vuestras palabras.

—¡Pietro! ¡Pietro! —protesté por lo que no sabía si interpretar como ingenuo o como malicioso—. Vos no conocéis España. En no pocas ocasiones, se comporta con sus hijos más como una madrastra que como una madre. Los españoles tienen que abandonarla no porque quieran, sino porque necesitan subsistir. Mirad, mi padre tiene un protegido que se llama Juan del Encina. Es un hombre de notable talento. Sabe música, es culto y escribe magníficas obras de teatro. Pues bien, tuvo que venirse a Italia porque la envidia y la injusticia lo expulsaron de su tierra natal. Además, ¿acaso son los españoles los únicos que no pueden aprovecharse de la suerte de un familiar? ¡Por el amor de Dios! ¿Cómo podéis preguntarme eso vos, que sois italiano? ¡Pero si los italianos llevan repartiéndose desde hace siglos el trono de Pedro y los capelos cardenalicios como si fueran una cesta de naranjas...! Y además mi padre no fue el más beneficiado...

Guardasteis silencio, mi querido *commendatore*. No me extrañó. De sobra erais consciente de que no exageraba un ápice. Basándome en ello pude rematar mis palabras con una afirmación rotunda:

—Ah, bien, bien... —recuerdo que dijisteis entonces, como si no pudierais aceptar mis argumentos.

—No os burléis. Os lo ruego. Mi padre era un hombre culto, instruido, educado, pero lo que necesitaba el papa Calixto era un guerrero.

—Dejadme pensar... —dijisteis llevándoos la mano a la frente como si os sumergierais en cavilaciones profundas, aunque, en realidad, sólo os mofabais suavemente de mí—. ¿Acabó otorgando el cargo a un pariente?

—Sí —reconocí un tanto amostazada—. Nombró a mi tío Pedro Luis capitán general de la Iglesia. Bueno, capitán general de la Iglesia, prefecto de la ciudad, duque de Spoleto, vicario de Terracina y Benevento...

—A eso le llamo yo amor a la familia —dijisteis asestándome un nuevo alfilerazo.

—Vuestro sarcasmo me parece injusto —protesté—. De verdad que no podéis imaginaros lo que es la corte vaticana. Calixto III falleció al cabo de algo más de dos años de sentarse en el trono de Pedro..., o del papa..., o de como queráis llamarlo. Fue durante el mes de agosto. Nunca ha quedado claro de qué, pero el caso es que se murió. Pedro Luis sabía que los Colonna y los Orsini, las dos grandes familias romanas, iban a ir a por él e intentó ponerse a cubierto. No lo consiguió, porque antes de que acabara el año había muerto también en Civitavecchia.

Ay, querido *commendatore,* recuerdo a la perfección la cara que se os puso al escuchar todo aquello. Intentabais aparentar frialdad, pero la lengua, que se os había pegado a un punto situado en el interior de la boca, indicaba que, como mínimo, el relato os resultaba incómodo. Pude interrumpirlo entonces, pero algo me impulsaba a proseguirlo, a continuar desgranándolo, a apurar hasta las heces aquella copa acibarada que había comenzado a serviros para que la bebierais os gustara o no.

—¿Y vuestro padre? —dijisteis ya sin ironía.

—No le hicieron nada. No sé... Quizá fuera porque se trataba de un cardenal o porque sabían que era demasiado vulnerable como para resultar peligroso...

Enarcasteis las cejas al escuchar aquella palabra. Sí, os sentíais muy incómodo. Vos, que no creíais en lo que enseñaba la Santa Madre Iglesia sobre la Madre de Cristo; vos, que cuestionabais la sucesión apostólica; vos, que habíais realizado una confesión explícita de aceptar únicamente lo que decían las Escrituras, padecíais un malestar creciente al escuchar aquella descripción, discreta y ecuánime, insisto en ello, de lo que era el Vaticano por dentro. No creíais ciertamente en mucho de lo que enseñaba y quizá menos en sus cabezas, pero sí en la institución. Actuabais, más o menos, como el que piensa que un rey es felón a quien nada ni nadie puede redimir, pero, a la vez, cree que no existe alternativa alguna a la monarquía. Con el paso del tiempo, he conocido a no pocos católicos que piensan igual, pero en aquel entonces escucharos me laceró cruelmente el alma. En cuanto a vos, estoy convencida, querido *commendatore,* de que os hubierais dado por más que aliviado si hubiera concluido entonces mi relato, pero eso era, justamente, lo que yo no deseaba hacer.

—No es un secreto que a mi padre siempre le han gustado mucho las mujeres —continué—. Espero no ofender demasiado vuestro sentido del pudor si os digo que en eso no se diferencia de la inmensa mayoría de cardenales, obispos o clérigos. Sin embargo, una cosa es la verdad y otra, bien diferente, el uso hipócrita de la misma. Sus enemigos, desde luego, utilizaron aquella debilidad como una baza contra él. Pío II, el papa que sucedió a nuestro Calixto III, llegó a escribirle una carta quejándose de los rumores que corrían sobre él.

—¿De los rumores? —indagasteis sorprendido.

—Sí. Al parecer, el papa se hallaba de visita por Siena y escuchó, de la manera más casual, cómo unas mujeres comentaban las proezas amatorias de mi padre. Nunca se supo qué era exactamente lo que relataban porque el papa insistió en que el pudor le obligaba a callar lo escuchado, pero la verdad es que arrojó una auténtica filípica sobre mi padre afirmando que comportamientos como el suyo debilitaban la autoridad de la Iglesia. Claro, que todo depende de cómo se mire...

—¿Qué queréis decir? —me preguntasteis desconcertado por primera vez.

—Quiero decir —respondí divertida por vuestra reacción— que no se podía dudar de que un cardenal rodeado de mujeres no es un ejemplo de vida cristiana, pero, a la vez, esa circunstancia permitía al papa neutralizarlo.

—Y seguramente esa... llamémosla *debilidad* salvó la vida de vuestro padre... —dedujisteis pensativo—. Carecía de la fuerza suficiente como para que lo consideraran peligroso.

—Seguramente —os concedí sin resistencia, porque yo misma había llegado a esa conclusión años antes.

—Quizá deberíais comer algo... —sugeristeis al llegar a ese punto de nuestra conversación, aunque estoy convencida de que os impulsaba más el deseo de concluir con aquellos relatos que la preocupación por que no probara los alimentos que teníamos ante nosotros. Por supuesto, yo fingí no haberos escuchado.

—Mamá conoció a mi padre hace algo más de treinta años —proseguí, dispuesta a vaciar un saco que llevaba pesando sobre mis espaldas demasiados años—. No hace falta que os diga que, desde el primer momento, quedó deslumbrada por él. No se trataba sólo de que fuera un príncipe de la Iglesia que disfrutaba de una posición más que acomodada. Dicho sea de paso, se trataba de una circunstancia mejor, por regla general, que cualquier otra, porque la Iglesia es una institución mucho más sólida que cualquier fortuna o dinastía. Con todo, creo que, en realidad, eso era lo de menos. Lo que más le atrajo de mi padre fue que se trataba de un hombre guapo, simpático, con encanto. ¡Le agradó lo mismo que gusta a tantísimas mujeres, especialmente si son jóvenes y sin experiencia! ¡Pobre madre mía! No era una cortesana, a pesar de lo que se ha dicho sobre ella. Era tan sólo una mujer enamorada. Enamorada y deseosa de no perder al hombre que amaba.

—Pues competencia no le faltaría... —dejasteis escapar, e inmediatamente vuestros ojos me dijeron que lamentabais las palabras que acababan de salir de vuestra boca.

—Podéis darlo por seguro —reconocí con una amargura que se me había prendido en los labios y en la lengua—. Si había algo que no escaseaba en Roma eran las prostitutas, las busconas, las concubinas, pero mamá se aferraba a mi padre, el cardenal. Si alguien vivió alguna vez por y para alguien, ésa fue mi madre. Tan sólo pensaba en agradarle, en hacerle la vida más llevadera, en descargarle de cualquier preocupación. Y con el paso del tiempo, junto con las satisfacciones cotidianas, también le fue dando hijos. Primero vino Giovanni, luego Césare, después yo...

—¿Ayudó eso a fortalecer la relación? —indagasteis, ocasionándome sin querer un nuevo pujo de amargura.

—No —reconocí pesarosa—. La verdad es que no. A mi padre le gustaba estar con mamá, no me cabe duda de ello, pero no tenía ninguna intención de vincularse a ella, al menos no de manera exclusiva, y el que se fueran acumulando los hijos no cambió la situación. Para que os hagáis una idea..., tardó más de diez años en buscarle un marido...

—Perdonadme..., no estoy seguro de que... —balbucisteis.

Sentí una profunda ternura al veros nuevamente confuso. Creo que fue en aquel momento cuando me percaté de que, a pesar de vuestra inmensa sabiduría, de vuestros amplios conocimientos, de vuestra erudición casi insondable, también podíais resultar ingenuo hasta extremos que rozaban casi, casi lo infantil.

—Querido Pietro —comencé a deciros—, cuando un príncipe de la Iglesia, bueno, incluso cuando un simple párroco desea conservar a una concubina a su lado para siempre, o para casi siempre, procura levantar una fachada de respetabilidad que le permita mantener esa relación sin provocar demasiadas murmuraciones entre los feligreses. La mejor manera de conseguirlo es casar a la barragana. Naturalmente, el matrimonio debe ser concertado con alguien dispuesto a cerrar los ojos ante la continuidad de esa relación. De esa manera, las apariencias quedan cubiertas a la vez que todo continúa igual. Bueno, no exactamente igual, en realidad, prosigue de manera mejor, mucho mejor, porque la mujer cuenta ahora con un marido que la protege de manera estable.

—¿Y eso fue lo que pasó con vuestra madre? —me preguntasteis con un tono dolorido, como si ansiarais romper a llorar y lograrais conteneros a duras penas.

—Sí —respondí—. Mi padre encontró a un milanés que se llamaba Giorgio da Croce para que se casara con mamá. Me imagino que no debió de costar mucho convencerlo. Como cardenal importante que era, mi padre habló con el papa Sixto IV...

El *commendatore* no logró reprimir un respingo al leer la referencia a Sixto IV. Desde hacía mucho, muchísimo tiempo, había sido un papa al que había contemplado con especial antipatía. Por mucho que se pretendiera defenderlo, resulta imposible negar que había sido corrupto y manirroto —dos circunstancias que, por regla general, suelen ir de la mano—, además de considerablemente inmoral en lo que a la castidad se refería. No, bajo ningún concepto podía considerarse su vida como ejemplar, ni siquiera cuando se comparaba con otros pontífices que tampoco habían destacado por su apego a la enseñanza de Cristo. Sin embargo, era inevitable reconocer que seguía gozando de un notable predicamento entre el estamento eclesial, siquiera porque a él se debía la institución de la Inquisición española, que ya llevaba una lista milenaria —miriádica quizá— de víctimas en sus lóbregas zahúrdas y perennes hogueras. En otras palabras, aquel presunto sucesor de san Pedro era venerado porque, además de ladrón y putañero, había otorgado una patente de corso para perseguir a la gente por motivos religiosos en los amplios territorios de la monarquía hispana. Siempre se había preguntado el *commendatore* cómo un pueblo de gente, por regla general, grata y gentil había podido tolerar aquella siniestra institución desde hacía tanto tiempo y sin abrir siquiera la boca. Naturalmente, podía atribuirse semejante comportamiento al simple miedo, pero se maliciaba que había razones peores que el comprensible deseo de salvar el pellejo. Lo más seguro era que la Inquisición hubiera terminado por corromper el alma de los españoles hasta el punto de que consideraban meritorio espiar a una vecino para intentar descubrir a un posible judío oculto o de que habían llegado a la conclusión de que para subir en la rueda de la Fortuna resultaba lógico sembrar la sospecha de herejía sobre los rivales. En otras palabras, con el pretexto de limpiar el alma de un pueblo, lo habían sumergido en una de las peores sentinas que imaginarse pudiera. No es que en su Venecia natal no existiera Inquisición, pero..., bueno, todos sabían que los judíos podían vivir en la ciudad de los canales con relativa paz y que incluso los herejes se asentaban en su territorio con expectativas razonables de no acabar convertidos en una pavesa. La diferencia resultaba manifiesta y, hasta donde podía decir, no daba la impresión de que Dios hubiera vuelto la espalda a Venecia por ser más tolerante con los que tenían la enorme desgracia de no creer en Él como enseñaba la Santa Madre Iglesia... En fin, no deseaba distraerse. Respiró hondo y regresó a la lectura.

—... Me imagino que no debió de costar mucho convencerlo. Como cardenal importante que era, mi padre habló con el papa Sixto IV y consiguió que concedieran a Giorgio un empleo de secretario apostólico. Luego, cuando contrajeron matrimonio, les encontró una casa en la plaza de Pizzo di Merlo. Estaba muy cerca de donde él mismo vivía. Supongo que tiene lógica que así fuera. ¿Por qué iba a ubicar a mi madre en un lugar que estuviera lejos?

Guardé silencio. Tenía la impresión de que incluso para alguien como vos, que no creíais que el papa fuera verdaderamente el sucesor de san Pedro, aquella narración había resultado excesiva. Sí, lo reconozco. En ella había demasiada lujuria, demasiada corrupción, demasiada mentira, demasiada estafa para alguien que podía reconocerse pecador, pero que se extasiaba leyendo el Nuevo Testamento y buscaba en los textos helénicos la esencia de un amor que había alcanzado su máxima expresión en Jesús. ¡Ay, mi futuro cardenal, cuánto debí de haceros padecer con mis palabras! Y, sin embargo, qué lejos estaba de mis intenciones el que así sucediera... Y entonces, cuando yo sentía cómo mi corazón desbordaba de ternura por vos, mi querido *commendatore*, decidisteis sajar el último absceso que laceraba mi alma.

—Lucrezia, ¿cuándo supisteis que el cardenal Borgia era vuestro padre?

Roma, 1519

S entí una desazonadora punzada de dolor al escuchar aquella pregunta. Supongo, mi amado *commendatore*, que lo que sucedió conmigo fue algo semejante a lo que acontece con el enfermo que no desea reconocer su dolencia, que niega continuamente su mera posibilidad, que se ocupa de ocultar meticulosamente sus síntomas innegables y que, cuando acude al galeno porque no le queda otro remedio, se ve obligado a escuchar que lo que más temía, que lo que más le inquietaba, que lo que más le angustiaba es totalmente cierto.

—Después de casarse con Giorgio —proseguí—, mamá dio a luz a un hijo que fue bautizado con el nombre de Ottaviano. Mi padre, el papa, nunca lo reconoció como suyo, de modo que imagino que hay alguna posibilidad de que fuera hijo de Giorgio. La verdad es que no se puede negar que le fue bien al milanés casado con mi madre. No es que fuera feliz, no. No me estoy refiriendo a eso. Quiero decir que hizo dinero. Por desgracia para él, aquello no le duró mucho. Murió el mismo año en que nació Ottaviano. Naturalmente, mi padre insistió en que mamá tenía que volver a contraer matrimonio.

Recuerdo el gesto de malestar que se reflejó en vuestro rostro nada más escuchar aquellas palabras. ¿Malestar? No estoy segura, mi querido *commendatore*, de que ésa sea la palabra más adecuada para describir la manera en que se contrajo vuestra cara. En realidad, creo que no peco de atrevimiento si digo que lo que apareció en vuestra faz estuvo más cerca del asco que de cualquier otra reacción.

—¿Y lo hizo? —me preguntasteis, aunque, seguramente, os imaginabais la respuesta.

—A decir verdad, hizo todo lo posible por evitarlo. No se trata de que llorara o gritara o amenazara o cosa parecida. No. Mamá siempre partió de la base de que sólo se puede retener a un hombre al lado si no se le amarga la existencia y la verdad es que la forma más rápida de agriar la convivencia es precisamente que una mujer se dedique a disparar reproches. Por lo tanto, mamá echó mano de otro recurso. Veréis. Nosotros estábamos convencidos, a fin de cuentas era lo que nos habían dicho, de que aquel cardenal que venía tan a menudo a visitar a mamá era un tío nuestro. También lo que es la inocencia infantil... ¿Cómo iba a ser tío de dos italianos un español? ¿Qué relación de parentesco podía tener un valenciano con la familia de los Cattanei, la de mi madre? Bueno, lo cierto es que los niños no suelen reparar en estas cosas y tienden a creer, sin pararse mucho a considerarlo, en lo que les dicen sus mayores. Así, un día en que el cardenal había venido a visitarnos, mientras se bebía una copita de vino dulce y se despachaba a gusto con una bandeja de unos pastelillos que le agradaban de manera especial, mamá nos llamó a Giovanni, a Césare y a mí. Tal y como tenía por costumbre, «nuestro tío» nos saludó con cariño, nos acarició la cabeza, sonrió, preguntó cómo estábamos…

—Y entonces vuestra madre os dijo que el cardenal era vuestro padre…

¡Ah, mi querido *commendatore!* Siempre fuisteis el hombre inteligente más tonto que he conocido. Os habían escandalizado los tapujos de mi padre y, sin embargo, habíais entendido a la perfección la maniobra de mamá para evitar casarse por segunda vez. ¿Cómo podíais ser, a la vez, tan ingenuo y tan astuto, tan sabio y tan ignorante, tan ducho y tan inexperto? Seguramente, vos mismo lo ignoráis y yo —mucho me temo— marcharé al otro mundo sin haber resuelto el enigma, pero no quiero distraerme. Volvamos al relato.

El rostro del *commendatore* se iluminó con una sonrisa. Aquellas líneas le habían resultado especialmente acertadas. Sí, tampoco él había logrado resolver aquella tremenda contradicción que se daba cita en su carácter. Quizá por eso no había llegado a cardenal, aunque no carecía de méritos —especialmente si se le comparaba con otros—, y lo más seguro es que jamás alcanzara el morado capelo. Sin duda, en esta vida hay que sumar a los méritos propios para el desempeño de cada tarea otros que, en ocasiones, no sólo no son adecuados, sino incluso contraproducentes. ¡Ironías de la inexplicable existencia humana!

... pero no quiero distraerme. Volvamos al relato.

—Exactamente —reconocí al escuchar vuestras palabras—. Ya podéis imaginaros que a mi padre aquella jugarreta no le complació lo más mínimo. A punto estuvo de ahogarse con el vino, que se le fue por otro lado. Tosía y tosía mientras mamá le daba palmadas en la espalda para que recuperara el resuello. Gustarle no le gustó nada, insisto en ello, pero, por lo menos, hay que concederle que encajó el golpe con elegancia. No negó que fuera nuestro padre. A decir verdad, lo reconoció abiertamente y se portó en consecuencia. Desde ese día, fuimos presentados ante los habitantes de Roma, ante todo el mundo, ante la misma gente de Iglesia, como hijos del cardenal.

—¿Y vuestra madre logró su propósito? —me interrumpisteis, con una de esas preguntas rezumantes de candidez que os caracterizaban.

—No, por supuesto que no. Al cabo de unos meses, mi padre la había casado de nuevo. Su segundo marido se llamaba Carlo Canale. Era originario de Mantua. No creáis, también era un hombre de formación, pero lo cierto es que en años de servir a cardenales no había logrado amasar fortuna alguna. Imagino que mi padre pensó que se trataba de la persona ideal para sus propósitos. Desde luego, la conjunción de intereses era difícil de discutir. Él ponía la tapadera para que mi padre siguiera acostándose con mamá y, a cambio, mi padre lo ayudaba para que se labrara un porvenir.

Bajasteis la mirada como si vos fuerais el responsable de aquel episodio. ¿Me equivoco, mi amado *commendatore*, si sugiero que os sentíais mal? Pero ¿por qué? Por supuesto, nada teníais que ver con aquella historia bochornosa. Sin embargo, era como si sufrierais de un sentimiento de responsabilidad colectiva. Quizá pensabais que el hecho de ser varón, o erudito, o meramente feligrés de la Iglesia católica os convertía en partícipe de los pecados de mi padre. Quizá tan sólo padecíais eso que los españoles llaman vergüenza ajena, es decir, el rubor que se sufre no a causa de la maldad o estupidez de los propios actos, sino ante la contemplación de los ajenos.

El *commendatore* interrumpió la lectura. Una sensación de malestar sordo y opresivo se había apoderado de él. Ciertamente, creía en la Iglesia. La había servido de la manera más directa buena parte de su vida..., pero no podía negar que en aquellos momentos, rememorando todo aquello, sentía vergüenza por lo que sucedía en el interior de lo que algunos bien ingenuamente denominaban la barca de san Pedro. ¿Cómo se podía tener una buena opinión de una institución en cuyo seno el puesto de mayor relevancia podía recaer en gente como el padre de Lucrezia o como tantos otros que lo habían precedido o sucedido? Sí, todos estaban muy escandalizados porque los herejes permitían que sus pastores se casaran, pero ¿acaso no era mucho mejor ese comportamiento que asistir, de manera ininterrumpida, a espectáculos rezumantes de inmoralidad como los que proporcionaba un cardenal que otorgaba puestos de relevancia a sus hijos o los de papas que utilizaban a sus hijas como moneda de cambio para sus transacciones políticas? Incluso aunque no se hubieran dado esos casos tan comunes de corrupción en la administración de la Iglesia, sinceramente ¿alguien podía creer que era mejor la conducta seguida por sacerdotes, cardenales y papas entregados a la lujuria que la de un hombre dedicado a Dios que se casaba honradamente y disfrutaba de forma cristiana de tener una mujer y unos hijos? ¡Por Dios! ¿Cómo se podía estar tan ciego? Era el mismo apóstol Pablo el que había dado instrucciones a su discípulo Timoteo para que los obispos se casaran y educaran a sus hijos. *¡Se casaran!* Sí, era cierto que el apóstol había sido célibe, pero también había escrito que era «mucho mejor casarse que abrasarse». Pues bien, toda aquella gente, del papa para abajo, no es que se abrasara ahora de deseo, es que se entregaba a la lujuria sin querer percatarse de que iban a arder seguramente en la otra vida en un fuego inextinguible. Sí, no podía dejar de sentir vergüenza ante todo aquel grosero panorama. Sufría además ese tipo específico de vergüenza que nace de una suma terrible e insoportable de bochorno y desesperanza. No cabía engañarse. No se estaba haciendo nada al respecto y no se iba a hacer. Cuando parecía que se iba a emprender algún tipo de reforma de las costumbres, todo quedaba reducido a proporcionar un nuevo instrumento a la gente que combatía por el poder de manera despiadada y continua. Se acusaba a tal cura o a tal obispo no porque se deseara llevar a cabo la indispensable limpieza, sino, simplemente, porque los cargos, verdaderos o falsos, podían tener como consecuencia la eliminación de un rival en el ascenso hacia un poder eclesial mayor. Luego, a la hora de la verdad, nadie pensaba que lo sucedido fuera tan grave... y lo peor..., lo peor es que hacía mucho tiempo que él mismo había perdido la fe en que un día las cosas llegarían a cambiar a mejor... No, nunca habían cambiado y nunca cambiarían... Por unos instantes, el *commendatore* dejó reposar su frente entre las palmas de las manos, como si en aquel improvisado refugio pudiera hallar algún consuelo o, al menos, algún reposo. Pero se trató de un intento vano... Respiró hondo, apoyó las manos en la mesa y reanudó la lectura.

... Quizá tan sólo padecíais eso que los españoles llaman vergüenza ajena, es decir, el rubor que se sufre no a causa de la maldad o estupidez de los propios actos, sino ante la contemplación de los ajenos.

—Es injusto —dijisteis al final emergiendo de aquel silencio sofocante.

—¿El qué es injusto? —pregunté sin saber a qué podríais referiros.

—Todo lo que os ha sucedido —me respondisteis—. Quiero decir que no veo por qué teníais que sufrir toda la historia de vuestros padres, y esa manera de averiguar quién era en verdad el cardenal que visitaba tan a menudo vuestra casa, y luego los matrimonios..., unos matrimonios en los que no habéis conocido ni el amor, ni la pasión, ni siquiera el placer. Todo me parece tan injusto... Bueno..., al menos, ahora han cambiado las cosas.

Mi amado *commendatore,* me quedé sorprendida al escuchar aquellas palabras... «Ahora han cambiado las cosas»..., acababais de decir con enorme seguridad. Pero ¿habían cambiado? Y de ser así, ¿exactamente cuáles?

—¿A qué os referís? —pregunté, y nada más salir aquellas palabras de interrogación por mis labios, una sensación extraña de temor y vértigo me invadió el cuerpo, como si me hubiera acercado a un precipicio profundo o, imprudentemente, hubiera asomado la mitad de mi cuerpo por la ventana de un último piso a riesgo de perder el equilibrio y precipitarme en el vacío.

—Lucrezia —comenzasteis a decir, y mi nombre en vuestros labios sonó con una calidez que estaba totalmente desprovista de la desgastada huella de lo cotidiano—, me refiero a nosotros. Yo..., yo os amo..., os amo con toda mi alma y vos no tenéis por qué continuar con esta vida que hasta ahora ha estado tan llena de amarguras... No tenéis por qué seguir siendo una muñeca en manos de vuestro padre, ese papa *tan... respetable;* no tenéis por qué vivir este matrimonio; no tenéis por qué...

Aquellas palabras cayeron sobre mí como cuchillas afiladas que me causaran un tajo tras otro en el alma. Ay, mi futuro cardenal, ¿por qué me dijisteis todo aquello? ¿Por qué me abristeis aquella puerta en la que yo había intentado no pensar durante décadas? Y, sobre todo, ¿por qué lo hicisteis cuando más débil me encontraba, precisamente porque acababa de derribar una de las barreras morales de mayor relevancia, la de mis votos conyugales? No debería extrañaros que, en aquellos momentos, intentara impedir que concluyerais vuestras palabras, aquellas frases que estaban lacerando hasta lo más profundo de mi corazón.

Han pasado demasiados años desde aquel día, mi amado *commendatore,* pero estoy segura de que aunque transcurrieran milenios, el lento y despiadado devenir del tiempo no borraría de mi memoria lo que sucedió después. Aún me parece ver cómo me colocasteis la suave mano sobre los labios y cómo, impidiendo cualquier protesta, acercasteis vuestra boca a la mía para sellarla con un beso y cómo, suave y dulcemente, me levantasteis en vuestros brazos y me condujisteis de nuevo hasta el lecho.

Es más borrosa mi memoria en lo referente a lo que experimenté después. Sé que, apresuradamente, corristeis las cortinas, como si así os resultara más fácil aislarme del mundo exterior, y que, inmediatamente, casi como si volarais, regresasteis a mi lado. Entonces, sumida en unas sombras espesas y protectoras, perdí la capacidad de pensar, de reflexionar, de angustiarme.

Sólo sentí y sentí con cada partícula de mi ser. Mis manos, mis muslos, mis pies, mi vientre se estremecieron, se tensaron y acabaron por experimentar una combustión que yo hubiera deseado eterna, aun a sabiendas de que sólo podría haber terminado conmigo consumida como la leña que se arroja a una hoguera poderosa.

Aquel mismo día, ya avanzada la tarde, regresé a Medelana envuelta en una sensación mezcla de maravilla y desasosiego. Fue como si me deslizara a una velocidad similar a la del viento por un desfiladero escarpado en el que lo mismo ascendía hasta las cumbres de una dicha nunca sentida que me veía precipitada hacia la negrísima y desamparada soledad que infunde la más profunda de las tristezas.

¿Qué había deseado yo al entregarme a vos? En primer lugar, que nunca sucediera. En mi corazón, había abrigado la esperanza de ser fiel a mi marido y sólo encontrar algo de solaz para el espíritu en aquella zona de Italia tan plácidamente aburrida. Luego, había ansiado que me besarais, que me cubrierais de caricias, que me rodearais con vuestros brazos, pero que nunca, jamás, en ningún momento, alcanzáramos la intimidad que la Ley de Dios reserva para los esposos. Finalmente, me había rendido con la esperanza de que se tratara única y exclusivamente de ese placer pecaminoso al que se entregaban tantas mujeres y que, siquiera en parte, aspira a verse disculpado por su carácter efímero. Ahora, sin embargo, me percataba, sin poderlo negar, de que mi situación era similar a la del cazador que pretende abatir a la fiera y, de repente, descubre que es la bestia la que ha caído sobre él y, sujetándolo, puede devorarlo en cualquier momento.

Sí, mi amado *commendatore,* así me sentía yo. Como alguien atrapado que es consciente de que no puede liberarse y que, a la vez, teme que, en caso de poder soltarse de sus ligaduras, su destino aún resultará más trágico. Por tres veces había estado yo casada y en ningún momento —pongo al Todopoderoso por testigo de ello— había sentido yo lo que era el amor como en aquellos instantes (sí, para mí eran instantes, aunque hubieran durado horas) que habían transcurrido veloces a vuestro lado. Nunca unas manos, unos labios, unos miembros me habían llevado hasta los lugares a los que vos me habíais transportado. Nunca y, sin embargo, ¿debo deciros que no se trataba meramente de un amor carnal? Al contemplaros inclinado sobre vuestros libros, al ver cómo paseabais la mirada por el campo que rodeaba la villa que os había cedido Strozzi, al observar las arruguitas —deliciosas arruguitas— que se formaban al lado de vuestros ojos cuando sonreíais, me había sentido no menos dichosa que en aquellos momentos en que entrabais en mí y me poseíais apasionada y dulcemente.

Os amaba, sí, os amaba en todos y cada uno de los sentidos del término y, al ser consciente de ello, experimentaba, al mismo tiempo, gozo y miedo, un gozo imposible de describir y un miedo no menos difícil de soportar. Porque yo, la hija del casi omnipotente papa y la esposa del poderoso heredero del ducado de Ferrara, no me sentía digna de vos. De repente, vuestras mismas herejías —¡oh cuánto dolor me ocasionasteis con ellas!, ¡cuántas dudas!, ¡cuántas desazones!— comenzaron a antojárseme no el fruto de la incredulidad o de la acción de un perverso demonio sobre vuestra alma, sino el gozoso descubrimiento de alguien que amaba tanto a Cristo como para acudir directamente a sus palabras y para pretender seguirlo aunque os colocara en una situación merecedora del terrible suplicio de la hoguera, el mismo que había sufrido cuando yo era apenas una niña aquel fraile llamado Savonarola, que se había atrevido a fustigar la flagrante e innegable inmoralidad de los clérigos y de los poderosos.

Vos sabéis, como yo, que distabais mucho de la santidad. A decir verdad, habíais caído en pecados terribles, como el de seducir a la esposa de otro hombre —sí, me sedujisteis vos aunque yo me dejara hacer con tanta facilidad—, pero aquel quebrantamiento de la Ley de Dios no me impulsaba a considerarlos malo o hipócrita (no erais ninguna de las dos cosas, mi amado *commendatore*, lo sé), sino, simple, profunda, innegablemente humano. Sí, humano. Incluso en vuestra búsqueda de lo divino —búsqueda que sé que acometíais a diario y de manera incansable—, no podríais trascender vuestra condición de ser de carne y hueso, de espíritu noble, quizá incluso sublime, encerrado en un recipiente de barro que os pesaba demasiado como para poder elevar sin trabas el vuelo hacia Dios. Sin embargo, esa circunstancia me llevaba a amaros todavía más. Porque vos no pretendíais ni ser un santo al uso, como aquellos frailes que yo conocía tan bien y que vivían de despojar a las viudas y de engañar a los sencillos a la vez que necesitaban oraciones inacabables e incomprensibles, ni tampoco creíais que podíais sujetar con la punta del meñique a Dios, a su Madre y a toda la corte celestial, como pretendían mi padre y su curia de cardenales gordos, ambiciosos y sensuales. No. Vos os veíais como el hijo pródigo de la parábola de Cristo, que reconoce que ha hecho el mal y acude pidiendo perdón a la espera de que el amor del padre lo acoja, no porque es bueno, sino porque, en realidad, es malo y se ha descarriado, pero, al mismo tiempo, desea ordenar su vida.

¿Quiero decir con esto que erais un humilde pecador? No. Ciertamente, no lo erais, pero tampoco pecabais de soberbio ni de vanidoso. Y eso para mí, que había visto toda clase de hinchados orgullos e infladas ampulosidades, resultaba algo cercano al prodigio. Bien pensado, quizá hubiera debido despreciaros, arrojaros de mi lado, manteneros a distancia. ¡Erais tan distinto de aquello con lo que había vivido durante tanto tiempo! Pero, quizá por eso, os amaba, y os amaba como nunca había amado a nadie.

Roma, 1519

El placer es efímero por su propia naturaleza, casi podría decirse que por su misma definición. Y si fuera sólo el placer, mi futuro cardenal... Lo doloroso y grave es que, en realidad, somos nosotros los que nos desvanecemos de la misma manera que la hierba fresca que se seca, que el rocío fresco que se evapora o que la lozana rosa que se marchita. Un día, rebosamos gozo, rezumamos alegría, exudamos dicha y, de repente, ay, desaparecemos. Sí, así de innegable. Dejamos de estar y de ser. Ya no existimos. ¡Qué estúpido resulta el hombre en sus pretensiones de dominar su destino, de creer que está en su mano decidir el futuro, de pensar que es capaz de marcar la senda que transitarán las futuras generaciones! La verdad es que ni siquiera tenemos dominio sobre el breve intervalo que media entre el despertar por la mañana y la comida con la que nos sustentamos a mitad de la jornada. Yo, que no cumpliré, a buen seguro, los cuarenta años de edad, puedo hablar del tema con sobrado conocimiento de causa.

Aquellos días en que os seguí visitando en Ostellato fueron hermosos, dulces, realmente indescriptibles, pero también resultaron breves y, sobre todo, efímeros y pasajeros. Cuando hacia ellos vuelvo los ojos de la memoria, me brotan docenas de imágenes que se suceden en mi corazón de una manera tan difícil de contener como la lluvia torrencial que resudan las nubes o las innumerables gotas de agua que albergan los ríos. Recuerdo aquella ocasión en que comenzasteis a besarme una y otra y otra vez hasta que, sin que os hubierais dado cuenta, se os acabó mi cuerpo y continuasteis, arrastrado por la pasión, depositando vuestros ósculos en las sábanas. También me vienen a la cabeza aquellas ocasiones en que inventabais palabras tan sólo para intentar expresar nuestros sentimientos o las otras en que creabais historias con la única intención de distraerme y así retrasar mi regreso más que obligado a Medelana. Todo aquello no podía durar y creo que tanto vos como yo lo sabíamos. Pero mientras que yo me negaba a reconocerlo o, mejor, a pensar en ello, siquiera a considerarlo, vos elucubrabais con la posibilidad de prolongar hasta el final de nuestras vidas aquel amor que no se parecía a nada que hubiéramos experimentado hasta entonces.

—Dejad a vuestro esposo —me dijisteis aquella tarde de mediados de agosto apenas nos habíamos recuperado de una mañana de cópula e historias. No se trató de una exigencia ni de una imposición. Más bien sonó como una súplica adobada en el sabroso gusto de la esperanza. Tenía yo los ojos fijados en el techo de la habitación, pero, lentamente, porque vos, mi futuro cardenal, me dejabais rendida en el lecho, me volví para poder miraros directamente al rostro.

—No puede ser —os respondí a la vez que depositaba un beso en vuestra frente.

—Puede ser —insististeis suavemente.

—No —intenté zanjar la cuestión—. Estoy casada y el matrimonio es un sacramento sagrado.

—Es más que dudoso que el matrimonio sea un sacramento —me dijisteis sin abandonar la calma—, pero, a estas alturas, deberíais saber de sobra que los papas, empezando por vuestro propio padre, los hacen y deshacen a su gusto. Basta que les interese para que el matrimonio más indisoluble del mundo se quiebre alegando las razones más absurdas y estrafalarias. Ésa es vuestra propia experiencia de esa farsa que son los procesos por nulidad.

Intenté plantear una objeción, pero levantasteis las palmas de las manos en un gesto terminante de imponer silencio y añadisteis:

—Además vos no os casasteis con libertad, sino obedeciendo órdenes. Ese matrimonio sí que es, de acuerdo con la ley canónica, verdaderamente nulo.

Ignoro si entonces lo percibisteis, pero se me aceleró el corazón al escuchar aquellas palabras. De repente, como si me encontrara sumida en los efectos de un prodigioso hechizo, me vi, por un instante, libre de mi marido, de la corte de Ferrara, de los planes políticos de mi padre y…, bueno, sí, lo reconozco, sentí una mezcla difícil de soportar de alegría y malestar. Se trató de algo muy semejante a los efectos peculiares del vino en el cuerpo cuando ya comiénzase a superar la jovial euforia de los inicios y aún no se ha desembocado en la cabezona borrachera.

—Pietro, no es posible —protesté—. ¿Adónde podríamos ir? ¿Quién estaría tan loco como para acoger a la hija del papa y a su amante? Y eso contando con que mi suegro no nos detuviera antes de abandonar Italia, lo que, dicho sea de paso, resulta más que posible…

—Podríamos marchar a infinidad de lugares —me respondisteis con el mismo entusiasmo que manifiesta un niño que cree que puede conseguir un dulce ansiado—. Está vuestra tierra, España…

—España no dudaría en devolvernos a un papa español —segué vuestra propuesta.

—Pues Francia. En Francia, nunca falta sitio para gente que conozca el latín o el griego. Podríamos marchar a París…

—No creo que el rey de Francia tenga mucho interés en indisponerse con la Santa Sede. Ocasionalmente son enemigos, eso es cierto, pero no es raro que se conviertan en aliados. A fin de cuentas, ¿quién contempló cruzado de brazos cómo Fernando de España y el monarca francés se merendaban el reino de Nápoles? Pues el sumo pontífice, es decir, mi padre.

—Bueno —dijisteis sin permitir que el desaliento se apoderara de vos—, quizá no haga falta ni siquiera salir de Italia. Vuestro padre tiene muchos enemigos en la península. Mi propia ciudad, Venecia, ha sido excomulgada más de una vez por los papas sin que nos importara un ardite. Estoy convencido de que muchos estarían dispuestos a brindarnos refugio si...

—Ésa no es una solución segura, Pietro —os corté de nuevo—. Es cierto que Génova, Venecia o Dios sabe qué otra ciudad podría acogernos si conviene a sus intereses, pero no dudarían tampoco en entregarnos inmediatamente si eso pudiera favorecer en algún momento sus planes. No os toméis a mal lo que voy a deciros, pero podríamos pasar del banquete y la bienvenida a la mazmorra y los grilletes en apenas un instante.

—Está bien, Lucrezia, está bien. Marchemos entonces a vivir con los turcos.

Solté una carcajada al escuchar aquellas palabras. ¡Ay, cuánta ternura me infundisteis al proponer nuestra marcha a tierra de infieles! Era obvio que estabais dispuesto a vencer cualquier dificultad, a sortear cualquier obstáculo, a vadear cualquier impedimento para que pudiéramos amarnos hasta el último instante de nuestras vidas. ¡Mi amado *commendatore,* cuánto os quise en aquel instante!

—Pero estáis loco, Pietro —intenté reconveniros—. ¿Cómo íbamos a llevar una vida normal entre los mahometanos?

—Los turcos necesitan gente que conozca las lenguas de Europa —respondisteis sin dignaros escucharme—. Por supuesto, el latín, pero también el toscano, el español... y acogen bien a los que están dispuestos a servirlos y...

—Habéis perdido el juicio. No me cabe duda —dije alzando las manos como si con ellas pudiera construir una barrera que me sirviera para detener vuestras palabras en el aire antes de que llegaran surcando el aire hasta mis oídos—. ¿Qué haríamos con mi hijo?

—Lo llevaríamos con nosotros —respondisteis, como si ya hubierais pensado en esa eventualidad y tuvierais atados todos los cabos—. A fin de cuentas no está con su padre. Seguiría con vos. Yo lo querría como si fuera mío y sería..., sería el hermano mayor de la familia que podríamos formar...

Puedo confesaros ahora que aquellas palabras sobre mi hijo me enternecieron, pero no podía dejarme ganar aquella partida en la que se estaban ventilando futuros que no eran sólo nuestros.

—¡Oh, vamos! —protesté intentando apagar mi propio deseo—. Pensad un poco. Os lo ruego. ¿Qué sería de vuestra biblioteca? ¿De esos libros con los que viajáis a todas partes y que abultan más que todas vuestras posesiones juntas? ¿Tenéis intención de que huyamos con ellos?

—Pueden irse al infierno todos y cada uno de esos libros —me espetasteis decidido—. Si Strozzi quiere aprovecharlos, que así sea, y si no, que los queme para calentar esta casa. No pienso perderos por culpa de esos volúmenes. Con llevarme las Sagradas Escrituras y alguna cosilla más tengo bastante.

—Pero ¿y vuestro trabajo? —Disparé mi último cartucho en aquel combate en el que no dabais la impresión de aceptar la derrota—. ¿Abandonaréis también *Gli asolani?* Porque en Constantinopla y sin libros, no sé yo cómo…

Recuerdo —¿cómo podría olvidarlo?— que no llegué a terminar aquella frase. De un salto, os pusisteis en pie, me sujetasteis las muñecas con las manos y dijisteis:

—Lucrezia, sólo os quiero a vos.

¡Ah, mi futuro cardenal, con qué inmensa dulzura, con qué incomparable calor, con qué irresistible fuerza pronunciasteis aquellas palabras! «Sólo os quiero a vos». Por un instante, uno tan sólo, me recreé inmensamente en aquella sencilla frase, una simple suma de letras entrelazadas que me colocaba en el centro absoluto de vuestro pequeño y, a la vez, grandioso universo. Me amabais, sí, me amabais en toda la acepción de la palabra. Y entonces…, bueno, fue como una súbita inspiración. De repente, comprendí que os habíais colocado en un lugar débil, expuesto, vulnerable para seguir argumentando en favor de nuestra fuga.

—¿Y Dios, mi querido Pietro? —os pregunté.

—Ya os he dicho que vuestro matrimonio… —comenzasteis a responderme, pero yo no estaba dispuesta, bajo ningún concepto, a perder la iniciativa en aquel improvisado certamen de argumentos y contraargumentos.

—No, no me refiero a mi matrimonio —os interrumpí olfateando que la dirección del enfrentamiento podía cambiar de signo—. Me refiero a Dios. Imagino que no os importará mucho estar lejos de una Iglesia en muchas de cuyas enseñanzas no creéis y muchas de cuyas prácticas observáis con desdén, pero ¿qué cristianismo viviréis en medio de los mahometanos? Querrán obligaros a abrazar la fe de su falso profeta. Así se comportarán a buen seguro, y entonces ¿qué es lo que haréis vos? ¿Negaréis al Señor, al que decís amar? ¿Y lo haréis tan sólo por una mujer? Es más que treinta piezas de plata, desde luego, pero...

Detuve mis palabras apenas pronunciada aquella referencia al miserable estipendio que recibió el apóstol Judas por traicionar a Nuestro Señor. No pude seguir, porque, a decir verdad, os habíais puesto lívido. De repente, vuestro rostro amable, risueño, apasionado había adoptado el color siniestramente cerúleo que es propio de los cadáveres. Parecía que hubierais muerto o estuvierais a punto de expirar.

En ese mismísimo instante, experimenté un enorme dolor en mi corazón. Ciertamente, no podéis imaginar, mi amado *commendatore,* cuán grande y opresivo resultó mi pesar. Yo sólo había pretendido convenceros de que no era posible que nos escapáramos, que huyéramos, que nos fugáramos de aquella Italia desgarrada por una infinidad de guerras y conflictos inútiles cuya única causa real era la ambición desaforada e incontenible de duques, magnates y papas. Pero al intentarlo, había rozado una parte oculta de vuestro espíritu sensible, que —lo comprendía entonces— sufría una herida no por desconocida por mí menos dolorosa.

—No es justo lo que acabáis de decir, Lucrezia —apenas acertasteis a balbucir—. Yo..., yo soy un pecador y... bien sabe Dios que mis trasgresiones de su Ley no se me ocultan..., pero nunca lo negaría..., nunca..., nunca lo vendería..., aunque me costara la muerte.

Al escuchar aquellas frases entrecortadas, se apoderó de mí un lacerante sentimiento de enrojecedora vergüenza, de profundo pesar, de hondísima pena por el sufrimiento que os había causado. Apreté los puños para infundirme una fuerza que no tenía; quedé inmóvil como una muerta y, sobre todo, intenté no respirar para que no se desbordaran las lágrimas que habían comenzado a subirme desde el corazón a los ojos.

—En Turquía —continuasteis diciendo— podríamos seguir siendo cristianos, como lo son los griegos; podríamos practicar nuestra religión, como permiten hacerlo a los judíos... Soy veneciano y sé que a nuestra gente nunca se le impidió cumplir con los preceptos de su fe cuando se asentaba en aquellas tierras para comerciar, pero..., bueno, Lucrezia, si vos preferís otro lugar..., si os gusta más... cualquier sitio..., a él os llevaré.

Y entonces, apenas habíais dicho aquello de «a él os llevaré», rompisteis a llorar. Es muy posible que no deseéis recordarlo, que hiera ese orgullo que posee incluso a los hombres más humildes, pero lo cierto es que no pudisteis reprimir las lágrimas. Nunca, mi amado *commendatore,* os había visto tan débil y desvalido. A decir verdad, incluso cuando convalecíais de la peste, habíais presentado un aspecto muchísimo mejor.

Ah, ¿cómo podría describiros el violento torbellino de sensaciones incontrolables que en aquellos momentos se apoderó de mí? Por un lado, ansiaba lanzarme a vos y cubriros de besos y enjugaros aquellas lágrimas y deciros que con tal de que dejarais de llorar estaba dispuesta a todo. Por otro, me aterraba el descubrir dónde me encontraba por no haber sabido dominar la pasión abrasadora que me habíais inspirado. Yo sólo había deseado morder el fruto prohibido y, no podía negarlo, lo había disfrutado de una manera que nunca había estado a mi alcance imaginar. Sin embargo, ahora esa dicha imprevisible, inenarrable, indecible, amenazaba con arruinar todo lo que había sido mi existencia, más o menos apacible, hasta aquel mismo momento. No sólo eso. De repente, había comprendido que si actuaba con la sensatez requerida, digámoslo claro, si rompía mi relación con vos, cada vez más peligrosa, os hundiría en una inabarcable sima de dolor con unos resultados que apenas era capaz de intuir. ¿Qué podía hacer?

Seguramente, lo recordáis. Me acerqué, sequé vuestras lágrimas, os cubrí el rostro de besos y, a continuación, me entregué a vos.

Roma, 1519

R esulta curiosa la manera en que nos atormentamos pensando en cómo podemos solucionar los problemas, grandes o pequeños, que se cruzan por los senderos de nuestra vida y lo poco que, en realidad, está en nuestra mano el conseguirlo. Algunos —reconozcámoslo con humildad— no tenemos la menor posibilidad de abordarlos. Es el caso de la muerte, por supuesto, pero también el de buena parte de las enfermedades, el de una mutilación, el de los defectos físicos, el de las consecuencias de haber nacido en una familia o en otra. No le demos vueltas. Nada podemos hacer en la inmensa mayoría de las ocasiones.

En otros casos, las situaciones se desenvuelven de una manera que, por sí sola, acaba llevando a su resolución... ¿Cómo podríamos denominarla? ¿Natural? Sí, quizá así debería decirse. Las inundaciones siembran a su paso desbordado la muerte y la desolación, pero, al fin y a la postre, las aguas, por muy poderosas que hayan

sido, vuelven a su cauce. Las epidemias despueblan co-
marcas enteras, pero, en un momento dado, esos campos
desolados, esos villorrios arrasados, esas poblaciones
abandonadas vuelven a tener habitantes. Los mismos
partos, por muy dolorosos que sean, y sé de lo que ha-
blo, no resultan eternos. Por mucho que se prolonguen,
la criatura acaba saliendo, generalmente, para disfrutar
de una nueva vida y para alivio de la madre.

En realidad, muy poco, incluso nada, podemos hacer en relación con lo que va recayendo sobre nosotros
a lo largo de esta fugaz tormenta que es nuestra vida.
Decidimos si damos un paseo o no; si nos servimos una
copa de vino o preferimos agua; si nos ponemos esta u
otra vestimenta; si propinamos un cachete a un hijo o
somos indulgentes con él, pero ahí queda todo, porque
ni tenemos garantías sobre el resultado del paseo, ni sobre la calidad del vino, ni sobre la impresión que causa-
rá nuestro vestido en los demás ni tampoco sobre los
efectos de la disciplina. Mi amado *commendatore*, ésa es
la realidad, aunque he tardado mucho tiempo en percatarme de ello. Todo esto lo relato porque me voy acer-
cando a revelaros cosas que nunca os conté y que ahora,
a punto de exhalar el último aliento, no quiero seguir
conservando en mi interior.

Aquel día, como seguramente recordaréis, permanecí con vos. Apenas hablamos. Todo se me iba en pro-
digaros caricias y besos y abrazos. Vos insistíais en que
me quedara a vuestro lado, en que no me separara de vos

ni siquiera un instante, en que huyera en ese mismo momento en busca de otra vida sin regresar siquiera a la villa de Medelana para echar mano de lo más indispensable. Intentabais persuadirme de que, en apenas unos días, antes de que mi marido o mi padre supieran nada, estaríamos en Venecia y que allí podríamos subirnos a cualquier nave que nos condujera hasta la Nueva Roma que el emperador Constantino levantó a las orillas del Bósforo, Constantinopla, la ciudad que los turcos, corrompiendo vergonzosamente las palabras griegas que significan «a la ciudad», denominaban Estambul.

No me cuesta reconocer que, más de una vez en las horas siguientes, mi mente, atribulada y confusa, se dejó llevar por aquella fantasía y me imaginé a vuestro lado observando aquel mar lejano, y me vi en el interior de una casa de paredes blancas en la que, por no sé qué extraña razón, había una bandeja de color indefinido rebosante de limones fragantes. ¡De qué extraña sustancia están confeccionados nuestros sueños, lo mismo si los tenemos cuando estamos dormidos que cuando nos encontramos con los ojos abiertos de par en par! ¡Y cuánto ansiaba yo en aquellos momentos creer que todo resultaba posible, siquiera porque me constaba, sin asomo de duda, que no era así!

Cuando, al cabo de un par de días, nos despedimos, vos habíais intentado arrancarme una y mil veces la promesa de que regresaría pronto y de que, por añadidura, lo haría para embarcarme en una vida a vuestro lado. Yo intenté esquivar la respuesta formulándoos a mi vez preguntas que —lo sé— eran punto menos que absurdas. Os dije que deseaba saber si era fácil vivir con vos, si me amaríais siempre, si... Oh, ¿qué puede importar a estas alturas? Vos contestabais a todo de manera que yo sólo ansiara prolongar toda la vida aquellos abrazos que nos extasiaban a ambos y que desechara cualquier posible alternativa a ese destino tentador.

Cuando nos despedimos, vos —¿me equivoco?— creíais que yo regresaría cuanto antes de Medelana para emprender la huida y yo, ¡ay, yo!, mi querido *commendatore*, no sabía a ciencia cierta lo que iba a hacer. Mientras mi carricoche regresaba a la villa, había momentos en que calculaba la ropa mínima que podía llevar en la fuga, o pensaba en lo primero que haría al llegar a Constantinopla o incluso me decía que resultaría maravilloso concebir hijos de vos y comenzaba a inquietarme por asegurarme la mejor manera de dar a luz en tierra de infieles o me alentaba pensando en que mi padre nos perdonaría para que así le permitiera conocer a sus nietos. Mirado ahora de forma retrospectiva, todo aquello me resulta absurdo, inmaduro, casi infantil, pero ¿cómo podría ocultaros que así fue como transcurrió?

Ni siquiera había terminado mi corazón de dar vueltas a mi fabuloso futuro en tierra de mahometanos cuando llegué a la villa de Medelana. Siento rubor de recordarlo, pero durante los dos días siguientes ni por un solo instante pensé en otra cosa. Ignoro si caí en el sacrilegio, pero me atrevo a aseguraros que, incluso cuando elevaba mis preces al Altísimo, le rogaba que me otorgara su luz única y exclusivamente en lo relacionado con nosotros. ¿Era verdad que no mancharía mi alma para siempre si desobedecía los dictados de mi padre, el papa, de mi padre, el que había obligado a mi madre a casarse por dos veces para poder fornicar con ella bajo la ilusión de que nadie lo sabía? ¿Era veraz vuestra promesa de acoger a mi hijo como si lo hubierais engendrado? ¿Era cierto que, fueran cuales fueran mis pecados, podría obtener el perdón porque Dios se lo otorgaba al que lo pedía arrepentido y confiaba en el sacrificio de Cristo en la cruz? ¿Era real que los mahometanos nos permitirían educar a nuestros hijos en el amor de Dios? ¿Era auténtico el propósito de vos, el erudito Pietro Bembo, de renunciar a todo, incluso a vuestros amados clásicos y a vuestros más que venerados libros, para poder tenerme a vuestro lado para siempre no como a una amante apasionada, sino como a una esposa ante Dios, que es lo importante, y ante siquiera una parte de los hombres?

He pensado y repensado aquellas preguntas docenas, centenares, miles de veces. Por supuesto, mi futuro cardenal, no puedo tener de la respuesta una certeza absoluta —¿quién, salvo Dios, puede llegar a ese estado alguna vez?—, pero creo, con expectativas razonables de estar en lo cierto, que era afirmativa. Vos hubierais renunciado a todo por mí, yo no habría cometido ningún pecado imperdonable y, seguramente, en otro lugar, fuera el que fuera, habríamos podido continuar juntos, si no aceptados como marido y mujer por todos los hombres, sí por el Creador, que no podía considerar matrimonio el que yo había contraído bajo presiones con Alfonso.

¿Estuve a punto de aceptar lo que me habíais pedido? Creedme si os digo que consideré esa alternativa de todo corazón. No adopté decisión alguna en ese sentido, es cierto, pero lo sopesé, lo analicé, lo calibré y, antes de dar un solo paso, antes de que asiera las riendas de mi futuro, antes de que pudiera decidir qué salida resultaba más adecuada para aquella disyuntiva, todo desembocó en su resolución definitiva, una en la que ni vos ni yo habíamos podido pensar jamás.

Roma, 1519

Fue un 18 de agosto. El del año de Nuestro Señor de 1503. En esa fecha, que estoy segura de no poder olvidar jamás, mi padre, el papa Alejandro VI, había convocado una de esas cenas que tenían, entre otras características sumadas al lujo y al boato, la de que casi siempre concluían con alguna muerte. En unas ocasiones, alguno de los comensales era raptado tras la comida y su cuerpo, cosido a puñaladas, se veía arrojado a las tenebrosas aguas del Tíber, de donde nunca emergía. En otras, apenas llegaba a su casa, entripado y ebrio, moría tras una dolorosa agonía ocasionada por algún veneno indetectable al paladar, pero no por ello menos letal. Fuera como fuese, aquel obstáculo, real o supuesto, para los planes de mi padre, el papa, o de mi hermano César desaparecía al otro lado del umbral de la muerte sin que hubiera podido ofrecer la más mínima resistencia. Pero aquel 18 de agosto, las cosas transcurrieron de una manera bien distinta. El muerto fue mi padre, y mi hermano Césare cayó gravemente enfermo y a punto estuvo también de perecer.

¿Qué fue lo que sucedió en aquella cena? A decir verdad, sólo Dios lo sabe, pero parece ser que la víctima designada por mi padre, el papa, y por mi hermano ni deseaba morir ni resultó tan fácil de engañar como en otras ocasiones. En algún momento del convite, quizá con ayuda de otros, se las arregló para cambiar las copas y entregar a mi padre y a mi hermano las que habían sido preparadas para que rebosaran de ponzoña. Me consta que no resulta adecuado que yo lo señale, ya que la Biblia contiene el precepto de honrar al padre y a la madre, pero, sin duda, hubo algo de justo en aquella muerte. En aquella muerte, que no en lo que comprendí inmediatamente que el futuro me iba a deparar. De la noche a la mañana, y pocas veces se habrá empleado con más exactitud el término, me había quedado desvalida y desnuda. Sí, seguía casada con Alfonso, pero ¿qué era eso a fin de cuentas? Nada de nada. A nadie se le ocultaba que mi matrimonio se había celebrado porque mi padre, el papa, lo había forzado. Muerto ahora, ¿cuánto tiempo se mantendría? E incluso aunque no se disolviera como había sucedido con mi primer enlace, ¿cuánto tiempo podría yo abrigar la seguridad de seguir viviendo? Una vez que había dado inicio la cacería de los Borgia, yo me había convertido, por muy inmerecido que pueda parecer, en la siguiente pieza que debía ser cobrada. Si yo desaparecía, también se extinguiría aquello que no pocos italianos —incluidas las familias Colonna y Orsini, que durante siglos habían nombrado y destituido a los papas— habían vivido como una intolerable amenaza y lo que los monarcas franceses habían considerado una repugnante intromisión española en sus intereses al sur de los Alpes.

Y entonces todo se disipó de la misma manera que se desvanecen los sueños cuando nos despertamos. Tan sólo un momento antes pensaba yo en habitaciones de paredes inmaculadamente blancas y fruteros rebosantes de perfumados limones, y, de repente, de la forma más inesperada, mi primer objetivo pasó a ser el encontrar la protección suficiente como para que no me envenenaran, me estrangularan o me rebanaran el cuello en el instante más inesperado.

No tardasteis en enteraros de lo que había sucedido —la noticia debió de correr como un reguero de pólvora por toda la península itálica, primero, y después por el resto de la cristiandad— y os precipitasteis a visitarme a la villa de Medelana. Me encontrasteis —¿lo recordáis, mi futuro cardenal?— convertida en un deplorable amasijo de lágrimas y mocos. Tenía miedo, mucho miedo, verdadero pavor, tanto que obligaba a mis domésticas a probar la comida que me estaba destinada y, a continuación, me ponía a charlar con ellas a la espera de que pudiera surtir efecto un veneno que, gracias a Dios, nunca llegaron a administrarme. Cuando llegasteis, llevaba incluso un par de días alimentándome únicamente de frutas que, personalmente, recogía del huerto y meticulosamente lavaba con mis propias manos.

Nadie os había anunciado, de manera que yo, que había reducido un pañizuelo blanco a la miserable condición de pingajo a fuerza de retorcerlo y de secarme las lágrimas con él, levanté la mirada de repente y contemplé vuestra figura recortándose entre las macizas jambas de madera. ¿Qué tiempo llevabais allí? Sólo Dios lo sabe. Quizá acababais de llegar; quizá habían pasado minutos, incluso horas, y la vista de mi deplorable estado os había impedido articular palabra. ¡Qué más da! Lo importante es que, antes de que pudiera decir nada, vos corristeis a mi lado y comenzasteis a besarme, y a acariciarme la cara y a intentar secarme las lágrimas, mientras susurrabais las palabras de amor más dulces que me ha sido dado escuchar.

De manera confusa, intenté comenzar a explicaros lo que había sucedido con mi padre y con Césare, pero vos llevasteis vuestra diestra a mis labios y, suavemente, me obligasteis a guardar silencio, afirmando que ya sabíais todo. Luego me estrechasteis contra vos y yo os devolví el abrazo como si pudiéramos fundirnos y así, convertidos en un solo ser, escapar de aquella trampa mortal en la que, quizá, había estado encerrada desde que mi padre se había convertido en papa, pero de la que sólo era plenamente consciente en los últimos días.

—Lucrezia, escúchame —me dijisteis sin dejar de acariciarme con dulce delicadeza la cara y los cabellos—. Ahora es el momento de que nos vayamos. Debemos abandonar Italia antes de que haya un nuevo papa, antes de que los enemigos de vuestro padre lo desentierren, profanen su cadáver y lo arrojen al Tíber. Sí, no me miréis así. Es lo que hicieron con el papa Formoso y con otros pontífices, y no creo que fueran tan odiados como ninguno de los Borgia.

Lo más probable es que sólo buscarais mi bien con aquellas palabras, en las que no faltaba la nota de erudición histórica, pero sólo conseguisteis provocarme un nuevo acceso de llanto aún más difícil de controlar. En la cercanía de la desgracia, se desea pensar, creer, convencerse de que no sucederá lo que más tememos. Vos acababais de recordarme que había razones más que sobradas para esperar lo peor.

—No puedo marcharme... —apenas acerté a decir con un hilo de voz—. No puedo, Pietro, no me lo pidáis.

Os apartasteis de mí como impulsado por un resorte invisible. Teníais el asombro más profundo pintado en el rostro, un asombro teñido de incredulidad, de confusión, de desconcierto.

—Pero, Lucrezia, ahora precisamente es cuando resulta imperativo, obligado, indispensable que desaparezcamos de aquí y...

Fui yo entonces la que os tapó los labios para detener aquellas palabras que, a pesar de su ternura, me causaban un profundo dolor.

—Pietro —os dije—, si me amáis, si verdaderamente me amáis...

—Pero..., pero ¿cómo podéis dudarlo? —protestasteis—. Claro que os amo, y...

Volví a sellar vuestros labios con mis dedos y dije:

—Si me amáis, debéis marcharos y no volver a verme jamás.

Hasta ese momento, habíais permanecido de rodillas a mi lado en un gesto que, ahora me lo parece, constituía todo un tributo de entrega y amor. Sin embargo, al escuchar el final de la frase, os pusisteis de pie con la alarma distorsionando vuestras facciones.

—Pero... —balbucisteis—, precisamente porque os amo, no puedo dejaros..., debo..., debo llevaros conmigo...

—No, Pietro, no será así —os respondí y, al hacerlo, por primera vez desde que había tenido noticia de la muerte de mi padre, tuve la sensación, tenue pero innegable, de que volvía a retomar el dominio de la situación—. No puedo permitirlo.

Abristeis la boca una, dos, quizá tres veces, pero no lograsteis articular el menor sonido. Ay, mi querido *commendatore,* qué mal os debisteis de sentir en aquellos momentos.

—En realidad —proseguí— tenéis que apartaros de mí. Debéis manteneros a la mayor distancia posible.

—Pero... ¿cómo os atrevéis a decir eso? —apenas lograsteis protestar.

—Por vuestro bien —respondí rotunda.

—¿Por mi bien? —repetisteis en tono de interrogación a la vez que abríais las manos como si estuvierais celebrando la santa misa.

—Sí, por vuestro bien —insistí, cada vez más segura de mí misma—. En estos momentos, cualquier persona que se halle cerca de mí corre un claro peligro de muerte. No quiero que vos atraveséis por esa situación. Os amo, Pietro. Os amo como nunca he amado a ningún hombre y como nunca podré volver a hacerlo, pero por eso mismo debo pediros que salgáis de mi vida.

Y entonces, mi amado *commendatore*, lo recordáis, ¿no es cierto?, rompisteis a llorar. Al principio, se trató de un par de lágrimas que acabaron rebasando los párpados para deslizarse por vuestras mejillas. Luego, vuestro rostro comenzó a contraerse y ya no pudisteis controlar el llanto.

—Lucrezia, lo único que yo deseo es serviros. Permitidme que lo haga —suplicasteis con un tono de voz que me desgarró el corazón como no lo hubiera conseguido un ejército de mujeres rogándome que respetara la vida de sus hijos—. Decidme lo que queréis que haga y lo haré.

—Deseo que abandonéis mi presencia —os dije con toda la fuerza que pude—. Quiero que nunca, ¿me entendéis?, nunca, volváis a aparecer ante mí.

Fue así como dio inicio la angustiosa fase del regateo, esos momentos horribles en que sabemos que estamos perdiendo algo irremisiblemente y, a pesar de ello, nos empeñamos en conservar un pedazo de lo que se nos escurre por entre los dedos, aunque sea diminuto, aunque apenas tenga valor, aunque resulte ínfimo, porque de esa manera quizá podamos engañarnos con la idea de que la derrota no ha resultado tan grave ni ha mutilado de una forma tan horrible nuestra existencia.

—No me arrojéis de vuestro lado... —dijisteis mientras intentabais inútilmente secaros las lágrimas que no dejaban de empapar vuestras mejillas—. Hay..., hay otros eruditos en la corte de Ferrara... ¿Por qué ellos podrán disfrutar de vuestra mirada, de vuestras palabras, y yo, que tanto os amo, me veré privado de ello?

—Porque a vos —os respondí, cada vez más segura de mí misma— os amo y no deseo que os ocurra nada malo y la suerte de ellos, que Dios me perdone, me trae absolutamente sin cuidado.

—Pero..., pero, al menos, dejadme ser vuestro amigo... —suplicasteis—. Permitid que os escriba nuevos poemas y que..., que os visite... y que os dirija la palabra...

—Os ruego que os vayáis —dije con el tono de voz más enérgico del que fui capaz.

Me abrazasteis una vez más. No tengo la menor duda de que con aquel gesto abrigabais la ilusión de doblegarme, de rendirme, de llevarme a renunciar a mi decisión. Pero el cuerpo que encontrasteis no fue el de la Lucrezia que, apenas unos momentos antes, se derretía entre vuestros brazos y apenas lograba, por mucho que lo intentara, devolveros los besos. Debí de pareceros más bien una estatua rígida que, como esas frías imágenes de las iglesias, no impide que la veneren, pero tampoco garantiza que escuchará nuestras súplicas. Sin embargo, ahora puedo confesároslo, tuve que realizar un esfuerzo sobrehumano para no temblar, para no llorar, para no dejar que brotara de mi corazón la menor muestra de debilidad. Al final, os apartasteis de mí y yo recibí vuestra despedida retirando la mirada, porque no deseaba contemplar aquel rostro enrojecido de pesar.

No me aparté del lugar en que me encontraba hasta qué capté el sonido conocido de un carricoche que se alejaba y conté en voz baja hasta doscientos. Luego, como si me hubiera empujado la mano de un gigante, me lancé a la ventana, descorrí las cortinas y busqué el vehículo con una mirada empañada por las lágrimas. Era ya poco más que un bultito escoltado por una nubecilla de polvo amarillo.

A los pocos días de nuestro encuentro me llegó una carta escrita de vuestro puño y letra. Exudabais pesar porque no habíais logrado consolarme en mi dolor. No os respondí. Lo único que yo deseaba era salvaros y tanto entonces como ahora me sentía más que cierta en mi parecer de que ya no podía ser meramente vuestra amiga. Al menos, no después de todo lo que había sucedido entre nosotros. Nunca os lo confesé, por supuesto, pero, durante los días siguientes, releí una y otra vez aquella carta y todo lo que me habíais escrito. Por añadidura, seguí soñando con vuestras caricias, con vuestros besos, con ese éxtasis que sólo había conocido entre vuestros brazos.

No sé si podréis creerlo, pero una mañana me descubrí en misa —entonces la escuchaba a diario— soñando con la muerte de todos los que se interponían entre nosotros. Mientras el sacerdote alzaba la sagrada forma y el pan y el vino se convertían en el cuerpo y la sangre del

Salvador, yo ansié la muerte de mi esposo —¡pobre adúltero infeliz!— y la de la curia en pleno y la de los cardenales y la de todos aquellos príncipes despiadados que descuartizaban Italia por pura codicia y mera vanidad.

Sé, mi querido *commendatore*, lo sé de sobra, que no estaba bien concebir aquellos deseos y mucho menos consentir en aquellos pensamientos, pero os amaba..., os amaba como si me hubierais embrujado y vuestro hechizo se hubiera incrustado debajo de mi piel y de mi carne y de mis huesos. Por eso no me cabía duda alguna de que si llegaba a ceder a veros una vez más, que si permitía que tomarais mi mano, que si consentía en que vuestros labios rozaran los míos, vuestras pretensiones acabarían siendo las mías y ya no podría garantizar ni vuestra vida ni la mía ni, quizá, la de mi hijo.

Sabido es que permanecí en Medelana hasta finales de diciembre de aquel año. No actué así porque quisiera estar cerca de Dios —todo lo contrario—, sino porque temía regresar a una Ferrara que se me antojaba, y seguramente no andaba muy lejos de la verdad, rezumante de peligros y asechanzas. Esperaba entonces que cuanto antes vos abandonarais Ostellato y así, gracias al poder regenerador de la distancia, se fueran curando aquellas heridas lacerantes que se habían abierto en mi alma, como si vuestras caricias hubieran sido realizadas con un guante de hierro.

Pero vos os negasteis a marcharos de la villa que os había dejado el cojo Strozzi. Quizá esperabais que acudiera a veros, quizá interpretasteis mi permanencia en Medelana como una oportunidad para ulteriores acercamientos que no estabais dispuesto a desaprovechar, quizá deseabais velar por mi seguridad aunque fuera desde otra localidad. No lo sé y no creo que tenga mucha importancia ahora, pero entonces aquel comportamiento se convirtió en un tormento espantoso que me resultaba imposible de soportar. En octubre, harta de no poder conciliar el sueño, de llorar a todas horas, de comprobar casi a diario que no abandonabais Ostellato, os escribí.

El fruto de aquella decisión —lo reconozco de buena gana— resultó una carta áspera, dura, desabrida. No podía ser de otra manera, mi amado *commendatore,* porque sólo deseaba alejaros de mí de una manera que fuera definitiva. En aquellas líneas trazadas por una mano que había tenido dificultad para sujetar la pluma os colmaba de reproches, os decía que estaba disgustada con vuestro comportamiento y, al final, como cruel golpe de gracia, os acusaba de no amarme tanto como yo os amaba. Sí, lo sé, lanzaros todo aquello sobre el papel no pasaba de ser una forma de manipulación burda, amén de cruel. Ansiaba con todas mis fuerzas que os sometierais a mi voluntad y mi voluntad era en esos momentos que abandonarais mi existencia. Si realmente me amabais, eso era lo que teníais que hacer inmediatamente, sin plantear discusión alguna, sin poner el menor impedimento, sin rechistar.

Sin embargo, vos, mi futuro cardenal, o no comprendisteis o no quisisteis comprender. Apenas habían pasado un par de días cuando me llegó vuestra respuesta. Me decíais, de una manera que erizó el vello de todo mi cuerpo, que me conmovió hasta lo más hondo del alma, que agudizó el dolor que me embargaba, que nunca podríais pensar en otra mujer. Leí aquella carta una y otra vez, pero sobre todo la lloré. No exagero si os digo que derramé un torrente de lágrimas por cada una de aquellas palabras. Creo que hasta hubiera podido diluirlas, borrarlas, anegarlas de tal manera que en el papel sólo quedaran sucios borrones imposibles de descifrar. Os juro, mi amado *commendatore,* que aquel día pensé incluso en arrancarme la vida, porque sentía que no podía vivirla sin vos y porque, por primera vez, desde que se había producido la muerte de mi padre, me pregunté si tenía sentido el conservarla cuando se ha perdido lo que más se ama.

No exagero lo más mínimo si os digo que en aquellos días sufrí a cada momento sin que el sueño, el alimento o la música lograran aliviar un solo instante mi congoja. No sé lo que hubiera sido capaz de llevar a cabo si, una vez más, tan sólo una vez más, hubierais aparecido por Medelana para suplicarme que me marchara con vos. No tiene tampoco sentido torturarse especulando al respecto, pensando en lo que pudo ser o interrogándose acerca de cómo hubieran cambiado nuestras vidas. Lo que sucedió, sucedió, y eso es lo único, mi amado *commendatore,* que, a fin de cuentas, tenemos y tendremos.

Imagino que vos recordaréis perfectamente cómo transcurrió todo. Más o menos una semana después de remitirme aquella carta en la que afirmabais que nunca amaríais a una mujer que no fuera yo, volvisteis a escribirme. Me informabais de que abandonabais Ostellato. Sin embargo, os preocupabais de aclararme que no lo hacíais de manera definitiva. Tan sólo marchabais a vuestra villa familiar de Noniano para acudir al lado de vuestro padre enfermo. Vuestra intención era, por supuesto, regresar.

Yo, os lo confieso, mi amado *commendatore,* no podía continuar soportando aquella tentación que, a cada instante, no dejaba de desgarrarme el alma como si preludiara su destrucción. Bajo ningún concepto estaba yo dispuesta a que regresarais a Ostellato. Precisamente por eso, escribí a mi marido para decirle que, puesto que habíais abandonado la villa de Strozzi, ahora era el momento más adecuado para que se la reclamara y aduje como argumento que se trataba de un extraordinario lugar para pasar unas semanas cazando. A fin de evitar cualquier posible objeción, añadí que vos no sólo la habíais abandonado, sino que además no existía el menor indicio de que tuvierais intención alguna de regresar. Alfonso —no os sorprenderá que os lo diga— no puso el menor inconveniente a la hora de acceder a mis deseos y así —no me cabe duda— mantenerme alejada de Ferrara hasta que se aclarara la situación. No desearía pecar de maliciosa, pero no se puede descartar que llegara a la conclusión de que cuanto más lejos anduviera de él, menos posibilidades habría de que le alcanzara el veneno o la daga destinados a la Borgia.

El *commendatore* detuvo la lectura. Le pesaba reconocerlo, pero no tenía más remedio que aceptar que Lucrezia no había andado desencaminada en sus angustiosos temores. Bastaba para darse cuenta de ello con pensar en el personaje que se había convertido en sucesor de su padre, el papa Borgia. ¡Menudo elemento! Giuliano della Rovere se había pasado toda la vida intrigando para ser papa; odiaba al difunto porque no le había otorgado todo lo que deseaba y además lo había vencido en el enfrentamiento para ocupar el trono papal. Al tener lugar aquella muerte tan providencial, había movido todas las fichas en el sinuoso tablero de ajedrez que era la diplomacia vaticana para satisfacer sus turbias ambiciones. Había que reconocer que, como era sobrino del poco ejemplar Sixto IV y llevaba mucho tiempo intrigando, había actuado con extraordinaria habilidad. De entrada, había repartido los sobornos a manos llenas para asegurarse que el partido español saliera derrotado del cónclave. Lo había conseguido no gracias a consideración espiritual alguna, sino simplemente porque había puesto más oro en la balanza. Luego había venido todo seguido. En un par de años, había comenzado a construir la nueva iglesia de San Pedro cargando sobre el pueblo unos dispendios tan onerosos que hubieran llevado a temblar de pánico al más despilfarrador de los emperadores de la antigua Roma. Y no contento con ello, se había dedicado a jugar a la política sin el menor escrúpulo moral. En primer lugar, había logrado que no quedara un solo partidario de la familia Borgia. Luego había buscado la alianza con España —¡ah, la pobre España, siempre tan necia en sus tratos con los papas!— para ampliar sus territorios a sangre y fuego. No resultaba sorprendente que lo hubieran apodado *il Terribile* ni tampoco que la gente hubiera dejado escapar un suspiro de alivio cuando apenas seis años antes había exhalado el último aliento. Pero, bien mirado, nada de eso lo podía saber Lucrezia. No, seguramente ni se le hubiera ocurrido sospecharlo. Para llegar a sus conclusiones, tenía que haberse dejado guiar por esa intuición que dicen que tienen las mujeres o, quizá, únicamente por lo que había sido su experiencia de la vida en el Vaticano. Suspiró y reanudó la lectura.

... No desearía pecar de maliciosa, pero no se puede descartar que llegara a la conclusión de que, cuanto más lejos anduviera de él, menos posibilidades habría de que le alcanzara el veneno o la daga destinados a la Borgia.

Por Strozzi, un Strozzi tan apesadumbrado que daba la sensación de que podía romper a llorar en cualquier momento, supe de vuestro regreso a las tierras de mi marido, y también de vuestra sorpresa al saber que no podíais seguir alojándoos en la villa de Ostellato y de vuestra decisión de quedaros en Ferrara a la espera de mi retorno, un retorno que, a la sazón, resultaba más que improbable. Imaginé vuestro rostro, vuestros gestos, vuestro pesar, y enorme trabajo me costó que en aquel encuentro con el celestinesco cojo no salieran a la luz mis sentimientos, pero —debo insistir en ello— mi camino estaba tomado y no podía volverme atrás. Decidí esperar. Esperar a que amainara la tormenta, esperar a que acabarais desapareciendo de mi vida y esperar a que la seguridad, aunque fuera en esa forma tan inestable que representan el poder y las armas, volviera a ceñirme con su manto protector.

Por supuesto, vos me escribisteis a inicios de noviembre para comunicarme que me estabais esperando en Ferrara a pesar de que habían vuelto a aparecer brotes de peste y corríais un riesgo cierto para vuestra salud.

Sabéis de sobra, mi amado *commendatore,* que no me digné responderos. Aunque es bien cierto que guardabais las normas del decoro y de la cortesía en la carta, resultaba obvio por su contenido que os resistíais a aceptar mis deseos. Pues bien, no podía yo permitirlo. Al final —*Deo gratias!*— me informaron de que habíais salido de Ferrara a mediados de diciembre. Esta vez, la razón estaba conectada con el hecho de que vuestro hermano había caído enfermo en Venecia y os habíais visto obligado a partir en su auxilio.

Aguardé algunos días antes de dirigirme a Ferrara, una Ferrara en la que ya no estabais a la espera de mi llegada. Me provoca un agudo pujo de dolor el rememorarlo, pero por aquella época intentaba yo encontrar motivos para recordaros, pero no como erais en realidad, sino de mala manera, de modo perverso, de una forma que os hiciera aparecer tan pobre y miserable que me resultara lo más fácil posible desarraigar el amor que habíais depositado en mi interior. Recuerdo que uno de los recursos que utilicé para alcanzar tan indigna y falsa meta fue el de preguntarme con cinismo cómo hubierais atendido a vuestra familia, tan proclive, por lo que se veía, a caer enferma, si hubiéramos seguido vuestro proyecto de escapar de Italia hacia Dios sabía dónde. Sin duda, os hubiera resultado imposible y entonces habríais arrojado vuestros amargos reproches sobre mí y mi hijo. Me decía y me repetía que habríamos huido de Italia tan sólo para escuchar vuestras maldiciones en tierras de infieles; que de buena me había librado; que de la que había salvado a mi hijo; que menuda suerte la mía. Y, pensando semejantes necedades, imaginando tales estupideces, dándole vueltas a ideas tan injustas sobre vos, me parecía que sufría menos el bien perdido.

No os irritéis conmigo al leer estas líneas, os lo ruego. Intentad comprender más bien que sólo deseaba aplacar un tormento incesante que me consumía a todas horas amenazando con aniquilar todo mi ser. Por otro lado, ¿quién puede dudar de que fue efectivo?

A inicios de enero del año de Nuestro Señor de 1504, me escribisteis para anunciarme que vuestro hermano había muerto, pero vuestra misiva, transida de un dolor sincero, ya no anunciaba que estabais dispuesto a regresar a Ferrara ni tampoco mantenía vuestra línea habitual de prodigar elogios y requiebros a mi persona. Por el contrario, con una serenidad que debo decir que resultaba conmovedora en su sencillez, me hacíais saber que vuestra intención era permanecer en Venecia para cumplir con la sagrada obligación de atender a unas abuelas centenarias.

Un pujo de dolor se extendió por el pecho del *commendatore* al leer los últimos párrafos. A decir verdad, no es que no estuviera acostumbrado a que el corazón se le encogiera recordando a su hermano. Con el paso del tiempo, incluso había ido desarrollando un sistema de defensa del alma para que el doloroso impacto del recuerdo le resultara más leve. Cuando, siempre de la manera más inesperada, ante los ojos de su alma aparecía una imagen de su hermano difunto o le venía a la memoria cualquiera de sus frases, cerraba los ojos, detenía lo que estaba haciendo y recitaba una oración, no sabía bien si en memoria del alma del fallecido o para exorcizar su recuerdo. Lo peor era cuando aquellos asaltos del pasado sobre un presente no precisamente dichoso tenían lugar en medio de ocasiones solemnes. Cuando así acontecía, tenía que aguantar a pie firme hasta que el dolor, después de convertirse en un fuego cada vez más intenso, iba perdiendo fuerza hasta desvanecerse.

No es que se hubiera sentido siempre a gusto con su hermano. Por supuesto, habían discutido y disputado cuando eran niños. Pero lo cierto es que lo había querido y, a pesar del paso del tiempo, había continuado guardando un puñado de recuerdos gratos de él. Hubiera debido vivir tanto o más que él mismo y, sin embargo, había muerto. Luego habían venido las abuelas. La manera en que fueron apagándose, extinguiéndose, muriendo, le causaba escalofríos. Habían resultado un ejemplo dolorosamente vivo de cómo cualquier ser humano no pasa de ser, como señala el libro del Génesis, un pedazo de barro, ciertamente privilegiado, en el que Dios ha insuflado el alma. El barro tenía un aspecto hermoso —siquiera lozano— en sus primeros años, pero, poco a poco, se iba cuarteando, descascarillando, rompiendo hasta que, en un momento dado, ya no podía contener la pizca espiritual que albergaba y la dejaba escapar. Cuando sucedía tal eventualidad, no quedaba sino esperar a que todo se desvaneciera hasta volver a ser polvo. Todo eso lo había visto en aquel entonces con rapidez inusitada y, al desgarro de aquellas partidas, se había unido el de pensar que no podría reunirse con ella. El *commendatore* se sintió tentado de abandonar la lectura e intentar sosegarse, pero advirtió que no quedaba ya mucho espacio para concluir el relato y decidió que sería mejor apurar ahora la copa a dejar el menester para otro momento.

… me hacíais saber que vuestra intención era permanecer en Venecia para cumplir con la sagrada obligación de atender a unas abuelas centenarias.

Al acabar de leer aquella carta no me cupo la menor duda de que ese amor que había ansiado prolongarse hasta que exhaláramos nuestro último aliento no sólo había sido sacrificado, sino que vos mismo habíais terminado por aceptar su completo holocausto. Pensé que aquella suma de idas y venidas infructuosas, de mi premeditada aspereza, de la obligada distancia de mis abrazos, quizá incluso de la dolorosa cercanía de la enfermedad y la muerte de los vuestros, os habían convencido de que no teníais otra salida, salvo la de capitular. Al percatarme de ello, sentí —lo reconozco— un cierto malestar propio de la vanidad herida, pero, por encima de todo, me congratulé de que hubierais entrado en razón, de que hubierais aceptado la realidad, de que os hubierais plegado, al fin y a la postre, a mis deseos.

Me equivocaba de una manera injusta, desconsiderada, incluso inicua, porque vos me seguíais queriendo. Lo ignoraba, por supuesto, pero vos aún me profesabais el mismo amor de siempre. ¿Hubiera cambiado en algo nuestra vida si hubiera sabido que continuabais esperando que reconsiderara mi posición? No, mi amado *commendatore*. Ahora puedo decíroslo. Aunque hubierais acudido a verme, aunque me hubierais suplicado, aunque os hubierais hincado de hinojos ante mí, nada habría experimentado la menor mutación. Así era porque yo creía haber descubierto ya la solución para aquella situación terrible que se había iniciado con la muerte de mi padre, el papa.

Roma, 1519

S é que hay muchos que se muestran especialmente
cáusticos y estrictos al referirse a aquellas mujeres
que buscan la protección de un hombre. La que ansía
encontrar alguien que le permita mantener a sus hijos;
la que sueña con poder comer a diario gracias al trabajo
de su marido; la que quizá sólo ambiciona poder salir a
la calle sin miedo a ser ofendida, sobada o agredida es
contemplada como una prostituta desprovista de sentimientos. Se comporta, según estos jueces de rígida moral, sólo de acuerdo con su interés.

Mi querido *commendatore*, no podéis imaginaros
lo que a estas alturas de mi vida —¿o debería decir del
camino hacia la muerte?— aprecio el desinterés, pero
tengo que deciros que semejantes juicios me parecen totalmente injustos. Las mujeres necesitamos, me atrevería
a señalar que por impulso de la propia Naturaleza, a un
hombre que nos garantice que no pasaremos necesidad,
que nos permita confiar en no vernos asaltadas, que ase-

gure el destino de nuestra prole. ¿Qué tiene de particular que nos sintamos atraídas hacia aquellos que nos lo ofrezcan? ¿Acaso resulta más disculpable enamorarse de un hombre alto que de uno que es trabajador? ¿Acaso es señal de más sensatez el entregar el corazón a un varón de pantorrillas bonitas que el hacerlo con uno que se esfuerza por mantener a su familia honradamente? ¿Acaso debe parecer más decente el contraer matrimonio con aquel que provoca nuestras carcajadas con su ingenio que con el que pueda asegurarnos una vejez sin cuidados? Creo que no os costará entender que miríadas de mujeres piensen que no. Y, sin embargo, con cuánta dureza se las juzga por estar dispuestas a entregar todo y a cambio sólo recibir algo de sosiego. Y, sobre todo, cuánta bilis, cuánta amargura, cuánta envidia derraman sobre ellas...

Yo —no tengo la menor intención de ocultarlo— necesitaba en aquellos días sentir seguridad, y no una seguridad cualquiera como la que buscan tantas mujeres comunes y corrientes, sino una que me garantizara que no me asesinarían en cualquier momento y que el artífice de mi muerte no sería una persona cercana a mí, que lo mismo podía ir de una criada sobornada a mi propio marido. Encontré a aquel hombre en el mes de marzo.

El *commendatore* sintió que se ahogaba. De repente, fue como si el aire, como si fuera una sustancia sólida, se le hu-

biera atorado en las ventanas de la nariz y en la garganta con-
virtiendo su respiración en una tarea casi imposible. Sin apartar del todo los ojos de la misiva, extendió la mano en busca
de la copa de agua. La alcanzó, tras un breve tanteo sobre la
mesa, y se la acercó a los labios con gesto tembloroso. Bebió
entonces un trago largo y luego arrojó en la palma de la mano izquierda una parte del contenido del recipiente, con la
que se refrescó el cuello, el rostro y los ojos. Esperó a sentir
cómo el aire proyectado sobre el agua le causaba una sensación de frío en la cara y, a continuación, abrió los labios. Se
esforzó por absorber con más facilidad el aire y comenzó a
respirar de manera forzadamente acompasada. Aquel ejercicio, en el que tenía ciertamente experiencia, se le hizo eterno,
pero, al cabo de unos instantes, sintió que había recuperado
el sosiego.

… Encontré a aquel hombre en el mes de marzo.
Seguramente, vos mismo sabéis que se trataba de Francesco Gonzaga, el marqués de Mantua, el héroe de For-
noro. Era mi cuñado, cierto, y además, como había
sucedido en el caso del segundo marido de mi madre,
el hombre que debía ayudarme a superar aquellos vericuetos desagradables de la vida, Francesco, también era
mantuano. Pero ¿qué podían importarme a mí ese tipo
de coincidencias o los vínculos familiares o cualquier
otra circunstancia verdaderamente secundaria si obtenía
lo que tan desesperadamente necesitaba?

Descubrí a Francesco y comprendí desde el principio que podía convertirse en mi salvación. Era fuerte y audaz y, sin ningún género de dudas, exudaba una enorme seguridad en sí mismo. Todo eso quizá no hubiera significado gran cosa en otro hombre, pero es que, por añadidura, él contaba con un ejército lo suficientemente potente como para imponer respeto a cualquiera que pensara en vengarse de los Borgia. No me entregué a él, por supuesto, porque un comportamiento así —estaba convencida— sólo hubiera servido para que perdiera el interés que hubiera podido sentir hacia mí. Pero sí dejé de manifiesto, desde el principio, que lo contemplaba con agrado y, de esa manera, logré sin demasiado esfuerzo que él también dejara traslucir que le resultaba atractiva.

No fue un lance grato, mi querido *commendatore*. En realidad, mientras le ofrecía vino, mientras le invitaba a bailar, mientras le preguntaba las cosas más insustanciales envueltas en el engañoso y seductor lenguaje de la coquetería, no dejaba de sentir un malestar que me reconcomía, porque, aun sin desearlo, seguía acordándome de vos y de vuestras poesías y de vuestras palabras y de vuestras lágrimas. Os confieso que aquella noche de marzo, cuando regresé a mis aposentos, despedí inmediatamente a mis camareras y me arrojé desconsolada sobre el lecho. Lloré —os lo aseguro, mi amado *commendatore*— hasta que no me quedó una sola lágrima en el cuerpo. Me repetía una y otra vez lo que *ut supra* os he escrito: que no hacía nada malo; que sólo buscaba el preservar el primer don que Dios nos otorga, que es el de la vida; que era diferente a otras mujeres que violan los sagrados votos del matrimonio únicamente por vicio... Eso me decía y me repetía, pero no conseguía llegar a convencerme. Por supuesto, de todo aquello no obtuve ninguna consolación, mi futuro cardenal. Ni la más mínima. Si, al menos, vos os hubierais mantenido a distancia..., pero sabéis de sobra que no fue así.

A finales de marzo, quizá a inicios de abril, recibí una nueva carta vuestra. Estuve tentada de arrojarla al fuego sin abrirla, pero la verdad es que ansiaba leerla con el mismo ímpetu con que el ciervo brama en la cercanía de las aguas que podrían calmar su sed. Deseaba deslizar mis ojos sobre aquellas letras trazadas por vuestra mano y repasarlas una y otra vez. Ansiaba volver a recrearme, aunque sólo fuera por unos instantes, en aquella manera tan especial que teníais de dibujar, más que escribir, las palabras sobre el papel. ¿Puede sorprender que, al final, cediera a la tentación? No, pero nunca debí haberlo hecho.

Abrí la carta y, por unos instantes, me complací en aquellos rasgos tan delicados, en la manera aérea en que elevabais los grafismos para luego dejarlos caer con una gracia especial, en la sutil elegancia con que las frases quedaban dispuestas sobre el papel como si se tratara de la distribución simétrica de un fresco. Deslicé los dedos por la misiva, la acaricié casi como si fuera vuestro rostro, me la llevé incluso a la nariz como si pudiera encontrar un aroma grato que endulzara siquiera por un momento mi existencia, una existencia que tan sólo buscaba seguir prolongándose. En ese mismo momento, tenía que haberme detenido. En ese instante justo, debería haber roto la carta en mil pedazos o haberla arrojado al fuego. Pero me faltó la fuerza para dejar que el dictado prudente de la sensatez prevaleciera sobre los gritos desesperados que lanzaba el corazón. Por el contrario, apenas hube llenado mi ser del penetrante olor a tinta y perfume de la misiva, me lancé a leerla con avidez.

Mi muy amado *commendatore,* resultaba obvio que os esforzabais por ser galante y cortés, por no inferirme el menor dolor, incluso la más mínima molestia, pero, al fin y a la postre, os quejabais apenado de mi silencio y os interrogabais acerca de mis sentimientos. Comedido, elegante, contenido..., sí, es verdad que así os mostrabais, pero yo os conocía lo suficiente como para saber que cada letra, hasta la más pequeña, gritaba que volviéramos a vernos, que reanudáramos nuestros encuentros, que nos entregáramos una vez más el uno al otro.

Durante un par de días, le di vueltas a lo que debía hacer. ¿Qué era mejor? ¿No darme por aludida o responderos con la contundencia suficiente como para que no reincidierais en aquella conducta? Al final, opté por lo segundo, y lo hice de una manera que —sospechaba— os causaría un daño especial. Convertí a FF —la FF que había sido yo para vos hasta entonces— en otro personaje, en alguien distinto de mí, y, mediante ese recurso literario, volví a daros una negativa firme e imposible de malinterpretar. Estaba segura de que comprenderíais todo, de que os percataríais de que yo había sido en el pasado FF, pero que ya había dejado de serlo y, por lo tanto, ahora no tenía el menor sentido vuestra incansable porfía. No, mi querido *commendatore*, nada volvería a ser igual y entre todo lo que había cambiado se hallaba la relación, prodigiosa e inefable, que habíamos mantenido durante aquel tiempo tan breve y tan intenso.

Durante los meses siguientes, me entregué con más denuedo que nunca a la pesada tarea de sobrevivir. Mi hermano Césare estaba preso en España —como veis, el poder de los Borgia se había convertido a esas alturas en algo completamente circunscrito al pasado—, pero yo conseguí la promesa de protección de Gonzaga. En apariencia, debía sentirme segura. Segura quizá, pero no tranquila. ¿Cómo iba a estarlo si mientras yo me esforzaba en trenzar aquella red que impidiera que me cayera y estrellara contra el duro suelo de la política vos no dejabais de escribirme? Recuerdo todas aquellas misivas como una sucesión casi ininterrumpida de proyectiles que lanzabais contra mí con la única intención de derribar los espesos baluartes que había levantado en torno a mi corazón.

En enero del año de gracia de Nuestro Señor de 1505, falleció el duque de Ferrara, Ercole d'Este, y Alfonso, mi desagradable esposo, se convirtió en señor del ducado.

Aquella situación me favorecía. Desde luego, una cosa era asesinar a la nuera de un aristócrata importante y otra, mucho más grave, quitarle la vida a su esposa. No es que la garantía de supervivencia fuera total —no lo había sido ni cuando mi padre era el mismo papa—, pero, sin duda, contaba con más peso, y si además se tenía en cuenta la alianza tejida con el mantuano, se acercaba a ser absoluta. Eso pensaba yo y, mi querido *commendatore* —¿hace falta que lo diga?—, me equivocaba de medio a medio.

Alfonso seguía sin amarme, pero creo que había terminado por llegar a la conclusión de que me había convertido en un ornamento nada desdeñable para Ferrara. Con gran pompa, anunció que me asociaba a las tareas de gobierno. Todo parecía indicar que aquella decisión era merecedora de albricias y parabienes, siquiera porque reforzaba mi papel político. En realidad, no pasaba de ser una añagaza. Al mismo tiempo que proclamaba mi supuesta exaltación, Alfonso dejó entrever que se desprendería del servicio de los que no fueran italianos. En otras palabras, me privaba de la manera más drástica del amparo y del apoyo de los españoles que me respaldaban y protegían, porque para desempeñar esas funciones los había colocado a mi lado mi difunto padre, el papa. Así, la primera proclama resultó radicalmente falsa, salvo que se entienda por gobernar el dedicarse a organizar bailes y festejos, que era algo de lo que ya me ocupaba con anterioridad. Por lo que se refiere a lo segundo, fuerza es reconocer que resultó innegablemente cierto. Sin que pudiera hacer absolutamente nada para impedírselo, aquellos sirvientes fieles y veteranos, leales y entregados, abnegados y españoles, sobre todo y por encima de todo españoles, desaparecieron de Ferrara. Se trataba de lo último que me quedaba por sacrificar para asegurarme de que, tal y como le sucedía a mi hermano Césare, no iba a acabar en una mazmorra, o, como había acontecido con mi padre, el papa, víctima de la mano de un artero asesino.

En verdad que resulta paradójica la condición humana. Nos afanamos por lo que será de nosotros, por lo que nos pondremos, por lo que comeremos, incluso por lo que podremos dejar a nuestros hijos, y la realidad es que ni siquiera somos capaces de proveernos de seguridad frente a lo que nos sobrevendrá en el minuto siguiente. No sólo eso. Cuando nos pensamos que estamos más libres de cuidados, no pocas veces lo hemos conseguido a cambio de permitir que nos aprisionen cadenas mucho mayores. Mi futuro cardenal, eso era precisamente lo que me acontecía. Sí, seguramente, había conjurado en no escasa medida el peligro de la daga y del veneno, pero ¡cuán elevado había sido el precio! Me había convertido en amante ocasional de Francesco Gonzaga, había aceptado el papel de esposa sumisa del insoportable Alfonso, había consentido que se despidiera sin consideraciones a mis leales sirvientes de tantos años y, sobre todo, por encima de todo, más que todo, había renunciado a vos, la única persona a la que había amado con toda mi alma y que, por añadidura, me había amado a mi sabor. Se mire como se mire, el tributo era demasiado oneroso, y con todo...

Sabido es que podemos soportar infinidad de contrariedades en la vida si carecemos de un punto de comparación que nos revele en su verdadera magnitud la tristeza deplorable de nuestro estado. Estoy convencida de que vos, igual que yo misma, habéis conocido a no pocos miserables que se consideran felices por la sencilla razón de que en el poblacho donde se desarrolla su existencia nunca tuvieron la posibilidad de conocer una vida mejor. El disfrutar de un sorbo de agua fresca, de una tajadita de queso, de una fruta en sazón acaba resultando para ellos motivo de mayor felicidad que nuestro consumo de manjares selectos y vinos delicados. No sólo eso. Incluso les parece razonable el cúmulo de cargas que cae sobre su existencia, porque consideran que se trata de algo natural.

Imagino que a mí me sucedía algo parecido. Toda aquella bajeza —vileza, podría incluso decirse— que rodeaba mi existencia desde el momento en que vi la primera luz me pasaba en buena medida inadvertida por la sencilla razón de que no conocía cosa diferente. Que un cardenal —¡que un papa!— se refocilara con rameras y cortesanas me había parecido, si no bueno y normal, al menos comprensible y habitual. Que, en lugar de a la palabra inteligente o incluso al combate noble, se recurriera al veneno y a la traición constituía algo tan normal como que las gallinas pusieran huevos a diario. Que el matrimonio no fuera fruto del amor sino de las conveniencias y los intereses, pocas veces nobles, de los poderosos resultaba no sólo permisible, sino previsible. Que, frente a esas conductas, la Iglesia de Roma no llamara al arrepentimiento y a vivir según las enseñanzas de Jesús, sino que extendiera un manto de silencio sobre la inmunda crueldad y la cruel inmundicia y mirara hacia otro lado no me parecía un ejercicio de hipocresía, sino de compasión y comprensión hacia las debilidades humanas.

Aquel velo había estado sobre mis ojos durante décadas y —lo confieso gustosamente— sólo se había rasgado con vos. Habían sido vuestras palabras, vuestros gestos, vuestras caricias los que me habían llevado a ver que el que pretende ser sucesor de Cristo no puede, al mismo tiempo, negarlo con sus actos y sus palabras; que la política que se basa en el engaño y en la violencia es más propia de las fieras que de los hombres civilizados; y que, por encima de todo, sólo se puede ser feliz cuando se ama. Todo eso lo había comprendido con vos y lo había aprendido y lo había incorporado a mi ser de tal manera que ya no podía olvidarlo o pasarlo por alto por más que me esforzara en el empeño. Sin embargo, no tenía valor para aceptarlo. Era como el pecador cuya alma se ha amoldado tanto a su vicio que ve imposibles el arrepentimiento y el cambio de vida, por más nobles que puedan parecerle y por más deseables que puedan resultarle.

Sí, mi amado *commendatore,* hubiera deseado yo sobrenavegar por encima de aquella sentina en la que había vivido desde el inicio de mis días, pero no tenía fuerza, ni poder, ni convicción para acometer esa tarea y me limitaba a deslizarme por la corriente evitando naufragar. No era dichosa, pero tampoco muy desgraciada, y así, en ocasiones, hasta podía engañarme imaginándome feliz, siquiera porque no sufría sobresaltos. Y entonces, cuando pensaba que estaba a punto de alcanzar la tranquilidad, vos y yo volvimos a encontrarnos.

No debía de haber pasado siquiera un par de meses desde que Alfonso se había convertido en el duque de Ferrara cuando me comunicaron que habíais publicado finalmente *Gli asolani*. Experimenté una sensación agridulce al saberlo, pero, inmediatamente, me dije que aquella noticia demostraba que había actuado correctamente al romper nuestra relación. ¿Acaso en Turquía hubierais podido terminar aquella obra? Agradecido debíais estarme, a fin de cuentas, por mi negativa a secundar vuestros propósitos.

Sí, lo sé, aquellos pensamientos no pasaban de ser una manera de negar la realidad, de tergiversar lo sucedido, de, a fin de cuentas, continuar engañándome, pero ¿qué otra cosa podía hacer si todavía, y a pesar de todo lo acontecido, algunas veces me despertaba y ansiaba sentir vuestras manos sobre mi cuerpo?; ¿si todavía paseaba y en ocasiones deseaba escuchar vuestra voz?; ¿si todavía, a pesar del paso de los años, al escuchar la mención de algunos clásicos mi mente echaba a volar y se posaba al lado de vuestro nombre?

Y entonces, precisamente entonces, cuando parecía que poco a poco todo volvería a su cauce, supe que *Gli asolani*, la obra que había absorbido vuestros esfuerzos durante varios años y a la que habíais dedicado horas interminables de concienzudo estudio, contaba con una dedicatoria oficial y que esa dedicatoria oficial incluía precisamente mi nombre. Al conocer la noticia, me sentí, a la vez, halagada y temerosa. Halagada porque todas las mujeres vemos con agrado que aquellos que nos amaron en algún momento sigan sintiéndose atraídos por nosotras como si el tiempo, ese cruel asesino de la belleza, no hubiera transcurrido; trémula porque había ido consiguiendo llegar a un estado si no de paz al menos de cierto sosiego, sólo rasgado eventualmente por recuerdos fugaces y ansias pasajeras. Aquella noticia significaba el final de aquella sensación, a fin de cuentas falsa.

No me equivoqué. Aún no se había secado la tinta de aquella primera impresión cuando recibí el anuncio de que vendríais a entregarme personalmente un ejemplar de la obra. ¡Qué cabezón habéis sido siempre, Pietro! ¡Qué insoportablemente obstinado! ¡Cuánta testarudez la vuestra! Me pregunto si no será ésa la razón por la que estoy tan segura de que acabaréis por llegar a cardenal. No me solicitabais permiso o autorización. No, debíais de estar cansado de que os eludiera y anunciabais que apareceríais por Ferrara…, me agradara o no.

Pasé horas recorriendo mis aposentos de arriba abajo mientras me retorcía las manos y pensaba en cuál sería la mejor manera de dar respuesta a vuestra encabezonada osadía. Por supuesto, podía ausentarme o alegar que me encontraba indispuesta o…, bueno, alternativas no me faltaban. ¿Por qué os recibí entonces? ¿Por qué acepté consumir aquel plato de ansiedad? ¿Por qué me atreví a arriesgarme con el sufrimiento de ardores pasados? ¡Ah, mi amado *commendatore!* Lo hice porque me moría por veros. Sabía que no era prudente, que no era sensato, que no era sabio, pero ansiaba tanto contemplar de primera mano cómo os encontrabais…

La noche anterior a nuestro encuentro no pude conciliar el sueño. Me agité una y otra vez en la cama revuelta, incapaz de reposar por un instante. Corría el mes de abril y la temperatura era suave, pero si me tapaba en el lecho, me sentía agobiada por el calor y si retiraba la ropa, me helaba. No sería capaz de explicaros el acopio de fuerza que tuve que hacer para recibiros. Y así llegó el día de nuestro último encuentro.

El corazón se me encogió como apresado en un torno cuando os vi entrar en la dependencia en que me hallaba. El tiempo —a pesar de ser tanto— os había tratado de una manera cruel. Habían aparecido las primeras canas en vuestras sienes, habíais ganado algo de peso y, por encima de todo, vuestro rostro presentaba un aspecto deplorable, casi demacrado. Quise pensar entonces que la razón de vuestra triste apariencia había que encontrarla en una mala noche, en la fatiga del viaje, incluso en la entrega a la disipación. Era injusto, lo sé, pero ¿cómo hubiera podido aceptar que sobre mi alma se arrojara la carga de que teníais aquel aspecto debido a mi comportamiento para con vos?

Cruzasteis con paso nervioso la distancia que mediaba entre nosotros y os arrodillasteis ante mi presencia. Estaba la sala repleta de cortesanos —por nada del mundo me hubiera quedado a solas con vos— y pude percibir por el rabillo del ojo sus rostros indiferentes o incluso maliciosos. De buena gana hubiera increpado, incluso abofeteado, a alguno de aquellos necios que os contemplaban como a un adulador más o que ni siquiera se molestaban en teneros en consideración.

Levantasteis la mirada y apenas ibais a abrir la boca cuando os interrumpí. Actué —lo sé— de forma altanera, protocolaria, aristocrática. Os ordené que os pusierais en pie, no porque quisiera aliviaros, sino para que no me sometierais al suplicio de contemplaros hincado de hinojos ante mi presencia. Inmediatamente, os agradecí con palabras usadas y vacías el honor derivado de haberme dedicado vuestra obra. Acto seguido, os deseé que la Providencia derramara sobre ella sus más ricas bendiciones y os despedí formulando votos por vuestra futura labor. Debí de emplear apenas unos instantes en toda aquella ceremonia vergonzosa. Sin embargo —todo hay que decirlo— creo que vos captasteis a la perfección mi mensaje.

En el tono gélido de mi voz, en la sonrisa fría que os dispensé, en la manera distante en que os tendí la mano para que la besarais y ¡de una vez! desaparecierais cuanto antes no se había manifestado el poderoso que acepta descender un poco de su altura para bendecir con su cercanía al inferior. Más bien todos habían podido contemplar al indiferente que, por razones de su estado o por mera cortesía, debe soportar por unos instantes a quien no desea ver. Apenas llegasteis a musitar unas palabras de agradecimiento —no me quedó más remedio que tolerarlo— y os visteis obligados a salir de aquella estancia repleta de personas que, una a una, por supuesto, y sumadas, sin discusión, valían infinitamente menos que vos.

Retrocedisteis hasta la entrada con los hombros encorvados, como si os hubieran arrojado un peso adicional al que sobre el corazón ya soportabais y, en el último momento, me dirigisteis la mirada. He visto los ojos de los agonizantes apenas a un instante de convertirse en vidriosos, los de las parturientas de rasgos desencajados, los de los borrachos lanzando ininteligibles amenazas, los de los prelados rebosantes de orgullo y soberbia... Mi querido *commendatore,* ninguna de esas miradas me ha conmovido tanto como la que partía de aquellas pupilas vuestras transidas de un dolor profundo y —me temo— ya resignado. No sé qué hubiera sido de mí de haberos mantenido un instante más la mirada. En cualquier caso, no podía correr riesgos. La aparté de vos y la dirigí hacia un cortesano que pronunciaba algunas vacías estupideces sobre mi supuesta sabiduría. No es que no me doliera, por supuesto, pero, en aquel mismo instante, supe que la lucha, rezumante de dolor e insomnio, que llevaba sufriendo desde hacía tanto tiempo había concluido.

Roma, 1871

D i Fonso se acarició parsimoniosamente la barbilla mientras terminaba de escribir la última frase en su informe. La releyó y luego echó los hombros hacia atrás, como si así pudiera aliviar el cansancio pesado que sentía incrustado a lo largo de la espalda. Abrió y cerró las manos en un intento de conseguir que le descansaran. No lo consiguió del todo, pero no le sorprendió. Había leído la última parte de aquel libro sin dejar de tomar notas y ahora intentaba aliviar el agotamiento que le agarrotaba los dedos.

Tenía que confesarse con no poco pesar que el trabajo de los últimos días no le había deparado apenas satisfacción alguna. Había creído al principio que toda aquella relación de herejías, adulterios y crímenes podría ser de utilidad. Sin embargo, ahora no estaba tan seguro. A decir verdad, si se examinaba el tema con el máximo de frialdad, se llegaba a la desoladora conclusión de que nada de lo consignado añadía lo más mínimo a lo que ya era archisabido desde el Trecento. Aun así, quizá hubiera resultado de cierto aprovechamiento de no ser... ¿Cómo decirlo? De no ser por ese tonillo dulzón en que se había engolfado, al fin y a la postre, la hija de Alejandro Borgia. Por supuesto, Di Fonso estaba más que convencido de que la española no pasaba de ser una ramera astuta que se había valido sin el menor escrúpulo de uno de los italianos más preclaros para su goce y disfrute. Pero lo que él veía con tanta claridad ¿sería también captado por cualquier lector potencial?

Se pellizcó la frente para relajarla mientras intentaba hallar una respuesta a la cuestión esencial, tan esencial que explicaba su trabajo de tantas horas. Veamos, se dijo, una maestra de suburbio que se acercara a aquella historia, ¿sentiría repugnancia ante la innegable lujuria de la inmoral marquesa o, por el contrario, experimentaría una incontenible piedad ante su terrible desgracia? Si un sacerdote, en secreto, por supuesto, recorriera aquellas páginas, ¿se desengañaría de la Iglesia católica lo suficiente como para abandonarla y denunciarla o, por el contrario, tan sólo sentiría simpatía ante Bembo e incluso quizá compasión por su amante? Y si el lector resultara un jovencito que se zambullera en aquel relato, ¿la consecuencia sería que vería nacer en su corazón el rechazo contra aquel nido de superstición y falsedad o, más bien, se identificaría con aquella pareja de adúlteros?

No, la verdad es que no estaba seguro de que revelar y publicar aquel relato pudiera tener consecuencias deseables. Para remate, la causa de aquella inseguridad era hasta trivial. A fin de cuentas, historias semejantes en lo que revelaban ya había muchas, pero no abundaban tanto las que tenían aquel tinte amatorio... ¡Al final, una labor importante podía venirse abajo simplemente porque millones de italianos podían tener la sensiblería de una modistilla!

Roma, 1519

En el último mes de aquel año recibí una carta vuestra en la que me comunicabais que seguíais recordándome y que ese recuerdo os colmaba de felicidad. ¡Pobre Pietro! ¿En verdad erais sincero? Después de aquella entrevista fría, helada, gélida, ¿podía yo provocaros aquellos cálidos sentimientos? Si así respondía vuestro corazón, debía de estar dotado de una nobleza muy superior a la que yo os había atribuido. Pero no me era dado el entregarme a ese tipo de reflexiones, de la misma manera que el conquistador de una plaza no puede plantearse su devolución mientras desfila entre los que lo aclaman enfervorizados por su extraordinario triunfo. Por eso, quise interpretar aquella misiva como una prueba de que, al fin y a la postre, habíais aceptado el final de nuestra relación. Mejor así.

El primer día del año de Nuestro Señor de 1507, abrí el baile con Francesco Gonzaga. Si alguien albergaba algunas dudas de que estaba dispuesto a emplear sus aguerridas tropas en protegerme, debieron de disiparse entonces. La manera en que me lanzaba miradas de deseo, en que tomó mi mano, en que se esforzó en demostrar que resultaba un excelente bailarín —a decir verdad, no pasaba de ser una mediocridad apenas oculta— dejó de manifiesto que cualquier atentado contra mi persona podía salir muy caro. Alfonso, por su parte, distó mucho de manifestar que se sintiera molesto en su calidad de esposo por aquella conducta del mantuano. No debería parecernos tan raro. Francesco era un buen aliado, yo no le molestaba en sus aventuras amorosas y, para remate, el 4 de abril del año siguiente hasta le di el tan esperado heredero. Todo parecía ir bien y a gusto de todos. Sí, lo parecía, pero no era verdad.

Una noche de junio, nuestro amigo Ercole Strozzi, el mismo que había llevado vuestras cartas de amor destinadas a rendir mis resistencias, el cojo prodigioso, fue sorprendido mientras transitaba por las calles de Ferrara. Le propinaron veintidós puñaladas y, acto seguido, lo degollaron. ¿Por qué lo asesinaron? Nunca se supo, mi amado *commendatore*. Por supuesto, circulaban rumores de que era corrupto y venal. No puedo negar que, posiblemente, se correspondían con la realidad porque en nuestra Italia, un hombre de su posición de no haberlo sido, sin duda, se habría convertido en una excepción rayana con el milagro. Y sí, es cierto que mi marido, el ahora duque Alfonso, se había ceñido la corona afirmando que iba a combatir la corrupción, pero ¿quién, en su sano juicio, cree en declaraciones como ésas cuando las pronuncian aquellos que acaban de llegar al poder? Fuera como fuese, Alfonso no llevó a cabo ninguna investigación para descubrir a los asesinos de nuestro pobre Hermes. ¿Sabía que quizá años atrás nos había servido de correo y se vengó así? ¿Había querido castigar al mensajero de un amor ya concluido? ¿Podía ser que hubieran rivalizado por las caricias de la misma mujer y así hubiera decidido el resultado de la lid? A decir verdad, lo ignoro, pero la pasividad de Alfonso me resultó tan injustificada como innegable.

La familia del pobre Strozzi, quizá porque sospechaba de mi marido, decidió entonces acudir a Francesco Gonzaga para que averiguara quiénes eran los criminales y les diera su justo castigo. Sin embargo, el mantuano se lavó totalmente las manos, como aquel gobernador romano que, sabiendo de la inocencia de Nuestro Redentor, prefirió entregarlo al suplicio más horrible que soportar molestia alguna. Había podido comprender hasta cierto punto la conducta de mi marido, pero la de Francesco me llenó de cólera. Strozzi le había rendido distintos servicios sin que fuera su señor natural. Sin ir más lejos, había sido el encargado de traerme sus cartas y de llevarle las mías. Sí, mi amado *commendatore,* también para nosotros desempeñó ese oficio. Sin embargo, debió de pensar Francesco que las dádivas que pudo entregarle en algún momento habían constituido un pago más que suficiente por aquella indispensable labor y que, desde luego, le liberaban de cualquier obligación moral que hubiera podido tener para con el desdichado cojitranco.

A decir verdad, de todos los que lo conocieron sólo vos parecisteis lamentar aquella muerte. Leí, por supuesto, el epitafio en latín que escribisteis en honor de Strozzi y, sí, lo reconozco, no pude contener las lágrimas. ¡Ay, mi amado *commendatore*, cómo es la vida! ¡Cuántas personas recibieron ayuda de aquel pobre cojo! ¡Cuántas mujeres pasaron por sus brazos y fueron objeto de sus explosivas atenciones y de sus generosos regalos! ¡Cuántos lo adularon y buscaron su sonrisa! ¡Cuántos —incluidos nosotros— recurrimos a su colaboración! Sin embargo, ni el señor de la ciudad a la que había rendido sus innumerables y astutos servicios desde su juventud ni el mantuano al que había obedecido en sus últimos tiempos movieron un dedo por él. Quizá fuera lo más prudente. Quizá…, pero no fue lo que hice yo.

Acudí a verlo en cuanto tuve noticia de su muerte. No podéis imaginar la manera apresurada, agitada, atropellada como surqué las calles de Ferrara para llegar a la villa de Strozzi. Contemplé su cadáver cuando aún no habían tenido tiempo de limpiarlo, de cambiarle de vestimenta, de proporcionarle un aspecto más cercano a lo que había sido en vida. ¡Ay, mi querido *commendatore*, recuerdo a la perfección aquel cuerpecillo como si ahora mismo lo estuviera viendo! No era… nada. Aquella vida tan rebosante de movimiento y actividad parecía haber quedado reducida a un grumo grande de sangre y barro que alguien hubiera arrojado sobre una mesa. Su pierna coja y torcida no desentonaba ahora del resto del cuerpo, porque todos y cada uno de sus miembros presentaban aquel mismo aspecto de marioneta destrozada a la que hubieran arrancado, primero, los hilos para proceder a pisotearla después.

Lo habían destrozado a cuchilladas de la misma manera que si se hubiera tratado de un cochinillo trinchado para una cena de gala. Su rostro apenas resultaba reconocible bajo la barba y aquel cabello revuelto. La nariz parecía un embutido por el que hubiera pasado la cuchilla del cocinero; los pómulos eran una pulpa sanguinolenta por la que asomaban restos de huesecillos... ¡Ah, mi querido *commendatore*, cuánta maldad, cuánta ferocidad, cuánto sufrimiento se podía adivinar en aquellos restos! Su pecho aparecía enormemente inflado como si se hubiera empeñado en retener el último aliento y, con él, la vida; y sus manos... Deslicé las yemas de los dedos sobre aquellas manos que habían sido portadoras de tantas palabras bellas, que incluso las habían escrito, que habían servido para la poesía, la diplomacia y la política, y sólo encontré unos miembros quebrados y dotados de un tacto frío semejante al de un lagarto o un pescado.

De Strozzi, del pobre Strozzi que tanto nos había ayudado al principio de nuestro amor, eso era todo lo que quedaba. Por supuesto, en aquel entonces pensé que se le haría justicia, que se encontraría a los asesinos, que serían castigados, y esa idea me consoló algo. Sin embargo, como ya os he contado, mi esperanza difícilmente pudo ser más vana.

Os confieso, mi futuro cardenal, que aquella muerte me impresionó de una manera que no habían logrado conmoverme otros fallecimientos. No es que no me doliera la desaparición de mi padre. Por supuesto que lo hizo, pero no llegué a ver su cuerpo hinchado por el veneno ni la manera en que la ponzoña alteró —si es que lo hizo— su color y sus facciones. Aquel hombre que, según la Santa Madre Iglesia, tuvo en sus manos las llaves del cielo y de la tierra fue sepultado además en la plenitud de su poder, un poder que nunca dejó de ejercer aunque significara incurrir en el más terrible y cruel de los despotismos. Lo mismo podría decir de mi esposo asesinado o incluso de aquel mozo español que desapareció un día entre las tinieblas de la noche romana para no emerger jamás. Todas aquellas muertes me habían causado pesar, pero nunca pensé que aquel destino pudiera alcanzarme algún día. Quizá fue así porque nunca había llegado a verlas y, como dice un refrán de la tierra natal de mi padre, el papa, «ojos que no ven, corazón que no siente». Con Strozzi, resultó muy diferente. En aquel pobre tullido me pareció ver un tétrico reflejo de toda la existencia del hombre, sin excluir, por supuesto, la mía. En el momento menos pensado, sin avisar, sin realizar ninguna advertencia previa, sin anunciarse siguiendo el protocolo obligado en la corte, la Muerte aparece y siega nuestro aliento de la misma manera que lo hacían aquellas diosas de la Antigüedad cuyo nombre no recuerdo, aunque con seguridad vos lo estaréis repitiendo ahora mismo. No podemos hacer nada para evitarlo y, al fin y a la postre, nuestro papel se reduce al de ser víctimas más o menos pasivas, pero, en cualquier caso, impotentes frente a ese triste destino que Dios pronunció sobre nuestros primeros padres.

¿Qué queda entonces de nosotros? Verdaderamente, mi amado *commendatore,* no queda nada de nada. Los que han estado más cerca de nosotros, los que nos deben gratitud y reconocimiento, los que deberían recordarnos nos desechan en breve como un recuerdo incómodo. Por supuesto, no siempre es así. Lo sé. Sin embargo, seamos ecuánimes: ¿no había actuado yo igual que Alfonso o que Francesco cuando había tenido noticia del asesinato de mi padre? Lo primero que me había venido a la mente era que debía poner mi vida a salvo. Eso es lo que se había apoderado de mí y no que mi padre tenía que ser vengado y mi hermano ayudado. Busqué antes que cualquier otra cosa mi propia supervivencia.

Alfonso y Francesco se ocuparon en primerísimo lugar de su conveniencia. Mi marido podía señalar aquel cadáver y decir con la hipocresía propia del gobernante que la corrupción había desaparecido de la corte de Ferrara, y Francesco estaba legitimado para encogerse de hombros y afirmar que si el propio señor natural de Strozzi no buscaba a los culpables, no existían razones para que él asumiera tan ingrata y trabajosa labor. Es cierto que además así quedaba silenciado un testigo incómodo, pero aunque el pobre cojo no hubiera sabido nada de sus sucios apaños, dudo de que se hubieran comportado de otra manera.

¿Y los demás?, quizá os preguntaréis, mi amado *commendatore*. ¡Ni siquiera la familia de Strozzi quiso insistir cuando se percataron de que el mantuano no los ayudaría! El cojo, a fin de cuentas, estaba muerto y nada de lo que pudieran decir o hacer lo devolvería al mundo de los vivos.

Y a eso, ni más ni menos, había quedado reducida la existencia de aquel hombre que fue ingenioso y divertido y culto y que llegó a seducir a algunas de las mujeres más hermosas que he llegado a conocer. De repente, todo había concluido y nada, absolutamente nada de lo que había llenado — ¡y cuánto! — su vida había podido llevárselo consigo. Como enseñó Nuestro Señor, ¿de qué le sirve al hombre ganar el mundo si pierde su alma? Obviamente, la pregunta es retórica. De nada. No le sirve de nada. Por añadidura, yo me preguntaría incluso si existe algún hombre que llegue siquiera a ganar el mundo. No fue el caso de mi padre, que no pudo evitar que lo asesinaran, y mucho menos el de mi hermano Césare, que, a pesar de afirmar que sería César o nada, acabó de la manera más cruenta cuando todavía era un hombre joven.

El apóstol san Pablo —¿os sorprende que lo cite?— escribió a los corintios que existen dos clases de arrepentimiento. Uno es el de los que comprenden lo que han hecho y lo lamentan, pero no cambian de vida. Otro es el de los que examinan el pasado, sienten también lo sucedido y, a continuación, como consecuencia lógica, se vuelven hacia Dios. El primero, dice san Pablo, es un arrepentimiento que lleva a la perdición, mientras que el segundo conduce a la salvación. Creo que pocas veces se habrá podido expresar de manera más adecuada el balance final que de su existencia acaban llevando a cabo, quieran o no, todos los hombres.

Seguramente sabréis —me cuentan que se ha convertido en tema de conversación en todas las cortes italianas y buena parte de las extranjeras— que, desde entonces, poco a poco, me fui volcando hacia el mundo de lo espiritual. Enfatizo lo de espiritual. Sí, es obligatorio hacerlo porque, como vos sabéis mejor que la mayoría, son muchos, muchísimos, por desgracia, los que confunden superstición con piedad. Contemplan el flagelarse, llevar cilicios, caminar descalzos en procesiones, subir descalzos las escalinatas de las iglesias, sumar por millares las plegarias o viajar a lugares donde están los huesos dudosos de un santo no menos dudoso como pasos en el camino hacia la santidad. La realidad —¿os lo tengo que explicar a vos?— es que eso se parece más a las ceremonias que tanto gustaban a los paganos que a lo que encontramos en los Evangelios, donde ni Cristo ni sus discípulos acometieron o enseñaron jamás conductas parecidas. Durante estos años he meditado, he leído las Escrituras, he buscado a Dios en la oración, pero no se me ha ocurrido perpetrar ningún disparate semejante a, por ejemplo, entrar en un convento. No. Deseaba la paz espiritual y, a la vez, era consciente de que tenía que cumplir con mis obligaciones, y de éstas la más importante era la de asegurar la sucesión en el seno de la casa ducal de Ferrara. De hecho, así se fueron sumando, uno tras otro, los cinco hijos que le di a Alfonso.

Con todo, y dispensad que regrese a ello, es verdad que, tras ver a aquel pobre cojo acribillado, destrozado, convertido en una piltrafa, comencé a dejar de creer en lo que se afirma que esta vida puede ofrecernos. Hace siete años, apenas cumplidos los treinta y dos, ingresé en la Orden Tercera de San Francisco. Debo confesar que no es que crea mucho en órdenes religiosas, pero me parecía la única manera de poder seguir viviendo en este mundo y, a la vez, prepararme para el siguiente, el perdurable, el único que tiene auténtico valor. No os asustéis. No me he convertido en una asceta, ni tampoco he experimentado visiones de vírgenes o de santos. A decir verdad, aún disfruto de un buen soneto, de una pieza interpretada adecuadamente y —os lo confieso de todo corazón— de un buen baile. No es que piense que es lo único que me podré llevar de esta vida. No. No se trata de eso. Más bien, creo que sólo dejo de manifiesto que aunque encuentro disfrute en esas actividades, ninguna de ellas me distrae de pensar en mi destino final, ese que comparto con el resto de los mortales y que me llevará a comparecer ante el Creador para que me dicte una sentencia que me afectará para toda la eternidad.

Durante este tiempo —ni puedo ni quiero ocultarlo y, además, ¿de qué serviría?— he pensado mucho en vos. Me he enterado de cómo vuestros libros obtenían éxito, de cómo escalabais peldaños en esa rueda de la Fortuna de la que resulta tan fácil salir despedido y de cómo habíais decidido adentraros más en el edificio de esa Iglesia con cuyas prácticas y enseñanzas os mostrasteis tan severo en mi presencia. Hace unos años, sentí una especial inquietud, más bien un hondísimo desasosiego, al saber que el papa León X —un personaje no mucho mejor que mi difunto padre, quién sabe si incluso bastante peor— había excomulgado a un monje alemán que sostenía ideas muy parecidas a las vuestras. Temí entonces que las condenas se multiplicaran para evitar que lo sucedido en Alemania repercutiera en otras partes de la cristiandad y que una de ellas acabara recayendo precisamente sobre vos. Gracias a Dios, no sucedió así y ahora deseo ser optimista y sueño más bien con que os convirtáis en un príncipe de la Iglesia, vos, que sois sabio y noble y bueno. Quizá vos podáis evitar ese enfrentamiento absurdo y dañino entre, por un lado, la

Verdad vivida fuera de la obediencia al papa y la historia de nuestra Iglesia y, por otro, la obediencia al papa y la permanencia en nuestra Iglesia, más que apartada de la Verdad que enseñaron Nuestro Señor y sus apóstoles. Tiene que haber una forma de conciliar todo, de conservar a Cristo y al papa que dice que lo representa; a la historia verdadera del cristianismo y a lo que llaman tradición; la Biblia y una devoción que sea popular, aunque no supersticiosa. De todo corazón lo ansío, siquiera porque toda mi vida he vivido dentro de este edificio y se me parte el corazón pensando que puede colapsarse algún día por el peso inmenso de sus enormes culpas. Por eso quiero creer que vos, quizá una vez situado allá arriba, subido a lo más alto de la Iglesia de Roma, dotado de poder para decidir y mandar, podréis cambiar algo. Quizá podáis conseguir entonces que la gente sencilla que busca a Dios se fije más en Cristo que en aquel que, como mi padre, aunque indigno, dice ser su vicario. Quizá logréis, aunque sea en mínima medida, que la gente obedezca a Cristo y no tanto mandato, tanta ordenanza y tanta superstición que salen directamente de Roma. Quizá obtengáis el don precioso de arrojar luz sobre tanta oscuridad sin que las tinieblas os envuelvan y os ahoguen. Debe de existir, a fin de cuentas, un camino que permita conservar lo bueno y deshacerse, siquiera en parte, de lo malo. Quizá vos podáis hallarlo. De hecho, oro a Dios para que os ilumine y os guíe a la hora de encontrarlo y seguirlo.

En cuanto a mí, Lucrezia Borgia, hija del papa Alejandro VI, duquesa de Ferrara, protectora de artistas y eruditos, etcétera, etcétera, etcétera, sé que dentro de muy poco compareceré ante el tribunal de Dios. Cuando eso suceda me acogeré a su gracia consciente de que mis méritos jamás podrían compensar mis pecados ni ganarme la salvación y le pediré perdón por todas mis culpas, pero, de manera especial, por dos. La primera, por no haberle amado siempre y en todo lugar por encima de todas las cosas como Él se merece por su infinito amor, sabiduría y misericordia; y la segunda, por no haberos amado a vos por encima del miedo a la muerte, del temor a los peligros que pudieran acecharme o de cualquier otra consideración de carácter material.

Sé ahora que ninguna de las danzas que he disfrutado en mi vida —e incluso todas sumadas— ha superado en placer el que sentí al verme entre vuestros brazos.

Sé ahora que ninguno de los músicos a los que he escuchado —e incluso todos conjuntados— ha alcanzado la dulzura tierna de vuestras palabras susurradas en mis oídos.

Sé ahora que la pobreza y la escasez a vuestro lado hubieran resultado más sabrosas y abundantes que la carne, el vino y los pasteles que he podido trasegar a lo largo de mis treinta y nueve años de existencia.

Sé ahora que, al fin y a la postre, mi hijo hubiera forjado su destino independientemente de lo que yo, su madre que tanto lo amaba, hubiera decidido.

Sé ahora, mi futuro cardenal, porque debéis esforzaros por serlo, que podría haber escapado con vos y que morir en la huida no hubiera resultado una tragedia, sino un dulce final para el amor que nos abrasaba.

Y sé —no me cabe la menor duda— que Dios hubiera bendecido ese Amor porque yo abandonaba no un matrimonio real y verdadero, sino una alianza forjada por mi padre, el papa, por encima de mis deseos, de mi conveniencia y de mi libertad.

Posiblemente penséis que se trata de un conocimiento tardío y, precisamente por ello, vano e inútil. Quizá sea así, pero yo deseo creer que nada de lo que aprendemos aquí, en este mundo inficionado por los pecados de los hombres, carece de valor. Esta vida, limitada, pequeña, desde tantos puntos de vista, pobre e incluso mezquina, es seguida por otra y en ella tendremos posibilidad de continuar amando. Pero nuestro amor será entonces puro, completo y eterno. Será verdaderamente el amor bajo la luz del Amor que los supera a todos. Será el amor de los que hemos aprendido a amar.

Roma, 1871

D i Fonso arrojó el texto contra la caja de madera en la que había permanecido guardado desde tiempo inmemorable. Le dolía reconocerlo, pero *aquello* no servía de nada. No hasta donde se le alcanzaba a elucubrar. Al principio, aquellas páginas le habían parecido algo diferente, muy diferente, esencialmente diferente, pero ahora... No, ahora no podía seguir pensándolo. A decir verdad, aquel texto rezumaba santurronería de la misma manera pastosa que si fuera un bizcocho que dejara escapar el vino dulce con el que lo habían empapado.

Claro, que si malo era el inicio..., ¿para qué hablar del final? ¡Ja! ¡Ahí era nada el final...! ¡La *puttana* que se arrepiente al final! ¡Igual que en una ejemplar vida de santos! Ya puestos a ver disparates, el papa, que ahora era infalible, podría incluso iniciar el proceso de canonización de Lucrezia Borgia. O el de Bembo. Gran fornicador y hereje, al fin y a la postre, había hecho carrera en el seno de la Santa Madre Iglesia. Otro arrepentido. Otro candidato a santo. Otro ejemplo de cómo ganar el cielo. Sí, justo era reconocerlo. Como obra que arrojara la luz sobre las masas, carecía —ahora no podía dudarlo— de valor alguno. Con esa finalidad, no merecía la pena conservarlo en cualquier anaquel de la biblioteca adonde pudiera ir a parar. Por lo que se refería al valor histórico..., bueno, era algo sobre lo que se podía opinar. Unas memorias de Lucrezia Borgia en las que se mencionaba a Pietro Bembo en apariencia resultaban un documento de valor. En apariencia. Porque, a decir verdad, ¿qué garantía existía de que se tratara de un texto auténtico y no de una burda falsificación? Imitar la letra del Cinquecento no resultaba tan difícil y por lo que se refería a los instrumentos de escritura... Le dolía pensarlo, pero es que no podía descartarse que todo aquello no fuera sino una impostura. Si así fuera..., bueno, si así fuera no se perdía nada, y no se perdía nada porque nada de interés contenía.

Con gesto decidido, Di Fonso echó mano de la pluma y la sumergió en el tintero. Luego comenzó a escribir. En un par de frases consignó que había notables dudas sobre la veracidad del documento para afirmar a continuación que no existían razones para lamentar semejante circunstancia porque, al fin y a la postre, nada de lo contenido en sus páginas aportaba nada nuevo a lo que se conocía de la época, en general, o de los personajes, en particular. Releyó con satisfacción sus argumentos y continuó escribiendo. Así prosiguió un buen rato exponiendo de manera breve y contundente sus conclusiones.

No abrigaba ninguna duda. Se podía conservar quizá aquel texto, pero, desde luego, no merecía la pena publi-

carlo. A decir verdad, semejante eventualidad era más susceptible de causar mal que de ocasionar el bien. Ya había
cumplido con su deber. Ahora que los que estaban arriba sa-
caran las conclusiones pertinentes.

Roma, 1519

S erá el amor de los que hemos aprendido a amar». El *commendatore* leyó la frase por segunda vez y contempló cómo debajo de ella aparecía trazada con mano temblorosa una doble F. Apoyó las palmas de las manos en los brazos del sillón y se dejó caer hacia atrás logrando que su cabeza reposara dulcemente en el respaldo. Cerró entonces los párpados y permaneció así unos instantes hasta que su respiración adquirió un ritmo sosegado y apacible. Su corazón rebosaba de la sutil melancolía que tenía al recordar momentos muy especiales de su vida: cuando había recibido un regalo inesperado en la infancia, cuando había paseado hablando con su padre siendo un niño, cuando había logrado traducir con soltura el primer texto en griego, cuando se había enamorado de Lucrezia... Lucrezia, la hermosa, inteligente, aguda, bellísima Lucrezia... Se había acordado de él en la cercanía de la muerte... Incluso se había permitido elucubrar sobre su futuro al servicio de la Iglesia y pronosticarle que sería cardenal. ¿Cardenal? El *commendatore* sonrió pensando en la posibilidad de la misma manera que hubiera hecho al cruzarse con un mentecato que profiriera sandeces por la calle. ¡Qué absurdo! Y entonces, como si fuera una luz que se encendiera repentina e inesperadamente, le vino a la cabeza un texto que había leído en docenas de ocasiones. ¿Cómo..., cómo era exactamente? Frunció los ojos como si aquel gesto le pudiera ayudar a concentrar la memoria.

—Si... —comenzó a decir con una voz suave y bien templada—. Si hablase lenguas humanas y angélicas, y no tengo amor, soy como un metal que resuena y un címbalo que retiñe.

Sí, así comenzaba, se dijo, y su sonrisa se ensanchó iluminando su rostro como un faro que arrojara su haz de luz sobre la más negra tormenta.

—Y si tuviera la profecía, y entendiera todos los misterios y todo conocimiento, y si tuviera toda la fe de forma que pudiera mover montañas, y no tengo amor, nada soy.

Sí. Así, así era. Venciendo la emoción que le había descendido sobre el pecho y ahora colmaba su garganta, el *commendatore* recitó suave y temblorosamente:

—Y si repartiera todas mis posesiones entre los pobres para que pudieran comer, y si entregara mi cuerpo a las llamas, y no tengo amor, no me sirve de nada.

Respiró hondo para calmar la emoción que había comenzado a embargarlo y prosiguió:

—El amor es sufrido y benigno.

»El amor no es envidioso; el amor no es presumido; no se deja llevar por la vanidad.

»No hace nada indebido; no busca sus propios intereses; no se encoleriza; no es rencoroso.

»No disfruta con la injusticia, sino que se alegra de la verdad.

»Todo lo sufre, todo lo cree, todo lo espera, todo lo soporta.

»El amor nunca dejará de ser.

Pietro Bembo, el *commendatore* de los caballeros de San Juan, apretó levemente los labios intentando contener en vano las lágrimas que le llenaban los ojos. Sí. El amor es, seguramente, lo único que nunca deja de ser. Pablo de Tarso lo había enseñado y Lucrezia lo había aprendido. Lucrezia..., qué empeño en llamarlo cardenal... ¿Cardenal? No, no ambicionaba serlo. Se conformaba más bien con entrar en las filas de aquella compañía privilegiada de la que ya formaba parte su amada Lucrezia, la de los que verdaderamente habían aprendido a amar.

Nota del autor

C omo toda novela histórica que se precie de respetar las reglas del género, la presente es una mezcla de elementos verídicos y ficticios. Rigurosamente ciertos son los detalles relativos a las vidas de Lucrezia Borgia, Pietro Bembo, Vanona Cattanei, Alejandro VI y los otros pontífices, Césare Borgia, Ercole Strozzi, Alfonso d'Este y Francesco Gonzaga. También son exactas las referencias a la correspondencia entre Bembo y Lucrezia y a las circunstancias que rodearon sus encuentros públicos o la imposibilidad de que éstos se llevaran a cabo. Lo mismo podría decirse de la descripción del asesinato de Strozzi, de las relaciones de Francesco Gonzaga y el duque de Ferrara o de los problemas familiares de Bembo. También es cierto lo relacionado con la destrucción y diseminación del museo de los jesuitas en Roma en el momento en que tuvo lugar la desaparición de los Estados Pontificios.

¿Existió una relación amorosa entre Bembo y la hija del papa Borgia? Lo cierto es que pocas dudas pueden quedar al respecto cuando se lee lo que nos ha llegado de su correspondencia. Entre líneas puede percibirse que el idilio existió en las condiciones de tiempo y lugar descritas en esta novela, pero que, en un momento determinado, concluyó, muy a pesar de los deseos de Bembo.

Me he permitido especular con la posibilidad —por otro lado, muy razonable— de que en su final definitivo influyera enormemente la necesidad de protección que sufría Lucrezia tras la muerte de su padre y la caída de su hermano Césare. Lucrezia precisaba urgentemente un protector porque ya no podía contar con el poder de los Borgia y porque su marido aún no era sino el heredero del ducado de Ferrara. Encontró a ese protector en Francesco Gonzaga —las circunstancias de su relación están descritas con exactitud en esta novela— y su idilio con Bembo quedó totalmente sentenciado, tanto que ni la dedicatoria de *Gli asolani* sirvió para reiniciarlo. Incluso la correspondencia entre ellos acabó por extinguirse.

Me he permitido elucubrar con la posibilidad de que una Lucrezia que, efectivamente, se fue volcando de manera creciente hacia la piedad, con el paso de los años, escribiera a Bembo intentando esclarecer tantos cabos sueltos de su relación. No tenemos documentos que lo avalen, pero, de haber existido, no es menos cierto que pudieron sufrir una suerte como la relatada aquí.

Como pronostica Lucrezia en esta novela, Pietro Bembo acabó siendo creado cardenal. Se le consideraba un hombre culto y, sobre todo, piadoso, y verdaderamente entregado a la causa de reformar la iglesia católica. Una carta suya fechada en 1543 deja de manifiesto que compartía el punto de vista sobre la justificación por la fe que constituye el eje central de la Reforma protestante y que deriva directamente de las cartas de Pablo contenidas en el Nuevo Testamento (Romanos 3, 19-26; Gálatas 2, 16; Efesios 2, 8-9, etcétera). Su trayectoria personal resultaba así paralela a la de Miguel Ángel y otros espíritus esclarecidos del Renacimiento que, en apariencia al menos, permanecieron en el seno de la Iglesia católica, pero, en realidad, como ha demostrado documentalmente A. Forcellino, tenían una teología similar a la de los reformadores protestantes del siglo XVI. Quizá con una curia más dispuesta, con un deseo real de amoldar las estructuras eclesiales a la enseñanza de la Biblia, con menos intereses creados —«la tripa de los frailes y la tiara de los obispos» a que se refirió Erasmo de Rotterdam— Bembo habría podido tender puentes entre dos orillas del cristianismo cuya ruptura no estaba del todo consumada por esas fechas. Sabido es que, finalmente, no fue así. Puesto a escoger, Bembo prefirió la institución, con todas sus limitaciones, a cualquier posible alternativa.

En 1547, Pietro Bembo exhaló el último aliento. Había sobrevivido a Lucrezia Borgia casi treinta años. Dios quiera que, como señala esta novela, antes de expirar hubiera sido de los que habían aprendido a amar.

Florida, invierno de 2006-Madrid, otoño de 2010

Este libro terminó de imprimirse en marzo de 2011
en Editorial Penagos, S.A. de C.V., Lago Wetter
num. 152, Col. Pensil, C.P.11490, México, D.F.

Suma de Letras es un sello editorial del Grupo Santillana

www.sumadeletras.com.mx

Argentina
Avda. Leandro N. Alem, 720
C 1001 AAP Buenos Aires
Tel. (54 114) 119 50 00
Fax (54 114) 912 74 40

Bolivia
Calacoto, calle 13, 8078
La Paz
Tel. (591 2) 279 22 78
Fax (591 2) 277 10 56

Chile
Dr. Aníbal Ariztía, 1444
Providencia
Santiago de Chile
Tel. (56 2) 384 30 00
Fax (56 2) 384 30 60

Colombia
Calle 80, 10-23
Bogotá
Tel. (57 1) 635 12 00
Fax (57 1) 236 93 82

Costa Rica
La Uruca
Del Edificio de Aviación Civil 200 m al Oeste
San José de Costa Rica
Tel. (506) 22 20 42 42 y 25 20 05 05
Fax (506) 22 20 13 20

Ecuador
Avda. Eloy Alfaro, 33-3470 y Avda. 6 de
Diciembre
Quito
Tel. (593 2) 244 66 56 y 244 21 54
Fax (593 2) 244 87 91

El Salvador
Siemens, 51
Zona Industrial Santa Elena
Antiguo Cuscatlan - La Libertad
Tel. (503) 2 505 89 y 2 289 89 20
Fax (503) 2 278 60 66

España
Torrelaguna, 60
28043 Madrid
Tel. (34 91) 744 90 60
Fax (34 91) 744 92 24

Estados Unidos
2023 N.W 84th Avenue
Doral, FL 33122
Tel. (1 305) 591 95 22 y 591 22 32
Fax (1 305) 591 74 73

Guatemala
7ª Avda. 11-11
Zona 9
Guatemala C.A.
Tel. (502) 24 29 43 00
Fax (502) 24 29 43 43

Honduras
Colonia Tepeyac Contigua a Banco Cuscatlan
Boulevard Juan Pablo, frente al Templo
Adventista 7° Día, Casa 1626
Tegucigalpa
Tel. (504) 239 98 84

México
Avda. Universidad, 767
Colonia del Valle
03100 México D.F.
Tel. (52 5) 554 20 75 30
Fax (52 5) 556 01 10 67

Panamá
Vía Transísmica, Urb. Industrial Orillac,
Calle Segunda, local 9
Ciudad de Panamá
Tel. (507) 261 29 95

Paraguay
Avda. Venezuela, 276,
entre Mariscal López y España
Asunción
Tel./fax (595 21) 213 294 y 214 983

Perú
Avda. Primavera, 2160
Surco
Lima 33
Tel. (51 1) 313 40 00
Fax. (51 1) 313 40 01

Puerto Rico
Avda. Roosevelt, 1506
Guaynabo 00968
Puerto Rico
Tel. (1 787) 781 98 00
Fax (1 787) 782 61 49

República Dominicana
Juan Sánchez Ramírez, 9
Gazcue
Santo Domingo R.D.
Tel. (1809) 682 13 82 y 221 08 70
Fax (1809) 689 10 22

Uruguay
Juan Manuel Blanes, 1132
11200 Montevideo
Tel. (598 2) 402 73 42 y 402 72 71
Fax (598 2) 401 51 86

Venezuela
Avda. Rómulo Gallegos
Edificio Zulia, 1° - Sector Monte Cristo
Boleita Norte
Caracas
Tel. (58 212) 235 30 33
Fax (58 212) 239 10 51